JOHANN WOLFGANG GOETHE

Egmont

EIN TRAUERSPIEL IN FÜNF AUFZÜGEN

1568 –

Philip ... – 1556 – 1598

Nation St vs. freedom
absolutismus vs freiheid
Bildersturm – iconoblast

MIT EINEM NACHWORT

PHILIPP RECLAM JUN. STUTTGART

Der Text folgt der Festausgabe Goethes Werke, herausgege-
ben von Robert Petsch. Sechster Band: Dramen II. Leipzig:
Bibliographisches Institut 1926. Orthographie und Inter-
punktion wurden behutsam den heutigen Regeln angepaßt,
altertümliche Formen, wie Hülfe, betriegt, gebrennt, ergetzen, hieher, Gelahrter, Verwilligung, die Bursche, die
Hindernis usw., als charakteristisch nicht modernisiert.

I – 2
II – 3
III – 2
IV – 2
V – 4.

Universal-Bibliothek Nr. 75
Gesetzt in Petit Garamond-Antiqua. Printed in Germany 1971
Herstellung: Reclam Stuttgart
ISBN 3 15 000075 0

PERSONEN

Margarete von Parma, *Tochter Karls des Fünften, Regentin der Niederlande*

Graf Egmont, *Prinz von Gaure*

Wilhelm von Oranien

Herzog von Alba

Ferdinand, *sein natürlicher Sohn*

Machiavell, *im Dienste der Regentin*

Richard, *Egmonts Geheimschreiber*

Silva
Gomez } *unter Alba dienend*

Klärchen, *Egmonts Geliebte*

Ihre Mutter

Brackenburg, *ein Bürgerssohn*

Soest, *Krämer*
Jetter, *Schneider*
Zimmermann   } *Bürger von Brüssel*
Seifensieder

Buyck, *Soldat unter Egmont*

Ruysum, *Invalide und taub*

Vansen, *ein Schreiber*

Volk, Gefolge, Wachen usw.

Der Schauplatz ist in Brüssel

a transition from S&D zu classic

ERSTER AUFZUG

Armbrustschießen
Soldaten und Bürger mit Armbrüsten

Jetter, Bürger von Brüssel, Schneider, tritt vor und spannt
die Armbrust. Soest, Bürger von Brüssel, Krämer.

S o e s t. Nun schießt nur hin, daß es alle wird! Ihr nehmt
mir's doch nicht! Drei Ringe schwarz, die habt Ihr Eure
Tage nicht geschossen. Und so wär' ich für dies Jahr
Meister.

J e t t e r. Meister und König dazu. Wer mißgönnt's Euch?
Ihr sollt dafür auch die Zeche doppelt bezahlen; Ihr sollt
Eure Geschicklichkeit bezahlen, wie's recht ist.

(Buyck, ein Holländer, Soldat unter Egmont.)

B u y c k. Jetter, den Schuß handl' ich Euch ab, teile den
Gewinst, traktiere die Herren: ich bin so schon lange hier
und für viele Höflichkeit Schuldner. Fehl ich, so ist's, als
wenn Ihr geschossen hättet.

S o e s t. Ich sollte dreinreden: denn eigentlich verlier ich
dabei. Doch, Buyck, nur immerhin.

B u y c k *(schießt)*. Nun, Pritschmeister, Reverenz! – Eins!
Zwei! Drei! Vier!

S o e s t. Vier Ringe? Es sei!

A l l e. Vivat, Herr König, hoch! und abermal hoch!

B u y c k. Danke, ihr Herren. Wäre Meister zu viel! Danke
für die Ehre.

J e t t e r. Die habt Ihr Euch selbst zu danken.

(Ruysum, ein Friesländer, Invalide und taub.)

R u y s u m. Daß ich euch sage!

S o e s t. Wie ist's, Alter?

R u y s u m. Daß ich euch sage! – Er schießt wie sein Herr,
er schießt wie Egmont.

B u y c k. Gegen ihn bin ich nur ein armer Schlucker. Mit
der Büchse trifft er erst, wie keiner in der Welt. Nicht
etwa, wenn er Glück oder gute Laune hat; nein! wie er
anlegt, immer rein schwarz geschossen. Gelernt habe ich
von ihm. Das wäre auch ein Kerl, der bei ihm diente und
nichts von ihm lernte. – Nicht zu vergessen, meine Herren!

Ein König nährt seine Leute; und so, auf des Königs
Rechnung, Wein her!

J e t t e r. Es ist unter uns ausgemacht, daß jeder –

B u y c k. Ich bin fremd und König, und achte eure Gesetze
und Herkommen nicht.

J e t t e r. Du bist ja ärger als der Spanier; der hat sie uns
doch bisher lassen müssen.

R u y s u m. Was?

S o e s t *(laut)*. Er will uns gastieren; er will nicht haben,
daß wir zusammenlegen und der König nur das Doppelte
zahlt.

R u y s u m. Laßt ihn! doch ohne Präjudiz! Das ist auch
seines Herrn Art, splendid zu sein und es laufen zu lassen,
wo es gedeiht.

(Sie bringen Wein.)

A l l e. Ihro Majestät Wohl! Hoch!

J e t t e r *(zu Buyck)*. Versteht sich: Eure Majestät.

B u y c k. Danke von Herzen, wenn's doch so sein soll.

S o e s t. Wohl! Denn unserer spanischen Majestät Gesundheit trinkt nicht leicht ein Niederländer von Herzen.

R u y s u m. Wer?

S o e s t *(laut)*. Philipps des Zweiten, Königs in Spanien.

R u y s u m. Unser allergnädigster König und Herr! Gott
geb' ihm langes Leben.

S o e s t. Hattet Ihr seinen Herrn Vater, Karl den Fünften,
nicht lieber?

R u y s u m. Gott tröst' ihn! Das war ein Herr! Er hatte die
Hand über den ganzen Erdboden und war euch alles in
allem; und wenn er euch begegnete, so grüßt' er euch wie
ein Nachbar den andern; und wenn ihr erschrocken wart,
wußt' er mit so guter Manier – Ja, versteht mich – Er
ging aus, ritt aus, wie's ihm einkam, gar mit wenig Leuten. Haben wir doch alle geweint, wie er seinem Sohn das
Regiment hier abtrat – sagt' ich, versteht mich – der ist
schon anders, der ist majestätischer.

J e t t e r. Er ließ sich nicht sehen, da er hier war, als in
Prunk und königlichem Staate. Er spricht wenig, sagen
die Leute.

S o e s t. Es ist kein Herr für uns Niederländer. Unsre Fürsten müssen froh und frei sein wie wir, leben und leben

lassen. Wir wollen nicht verachtet noch gedruckt sein, so gutherzige Narren wir auch sind.

J e t t e r. Der König, denk ich, wäre wohl ein gnädiger Herr, wenn er nur bessere Ratgeber hätte.

5 S o e s t. Nein, nein! Er hat kein Gemüt gegen uns Niederländer, sein Herz ist dem Volke nicht geneigt, er liebt uns nicht; wie können wir ihn wiederlieben? Warum ist alle Welt dem Grafen Egmont so hold? Warum trügen wir ihn alle auf den Händen? Weil man ihm ansieht, daß er
10 uns wohlwill; weil ihm die Fröhlichkeit, das freie Leben, die gute Meinung aus den Augen sieht; weil er nichts besitzt, das er dem Dürftigen nicht mitteilte, auch dem, der's nicht bedarf. Laßt den Grafen Egmont leben! Buyck, an Euch ist's, die erste Gesundheit zu bringen! Bringt Eures
15 Herrn Gesundheit aus.

B u y c k. Von ganzer Seele denn: Graf Egmont hoch!

R u y s u m. Überwinder bei St. Quintin.

B u y c k. Dem Helden von Gravelingen!

A l l e. Hoch!

20 R u y s u m. St. Quintin war meine letzte Schlacht. Ich konnte kaum mehr fort, kaum die schwere Büchse mehr schleppen. Hab ich doch den Franzosen noch eins auf den Pelz gebrennt, und da kriegt' ich zum Abschied noch einen Streifschuß ans rechte Bein.

25 B u y c k. Gravelingen! Freunde! da ging's frisch! Den Sieg haben wir allein. Brannten und sengten die welschen Hunde nicht durch ganz Flandern? Aber ich mein, wir trafen sie! Ihre alten, handfesten Kerle hielten lange wider, und wir drängten und schossen und hieben, daß
30 sie die Mäuler verzerrten und ihre Linien zuckten. Da ward Egmont das Pferd unter dem Leibe niedergeschossen, und wir stritten lange hinüber herüber, Mann für Mann, Pferd gegen Pferd, Haufe mit Haufe, auf dem breiten flachen Sand an der See hin. Auf einmal kam's, wie vom
35 Himmel herunter, von der Mündung des Flusses, bav, bau! immer mit Kanonen in die Franzosen drein. Es waren Engländer, die unter dem Admiral Malin von ungefähr von Dünkirchen her vorbeifuhren. Zwar viel halfen sie uns nicht; sie konnten nur mit den kleinsten Schif-
40 fen herbei, und das nicht nah genug; schossen auch wohl

unter uns – Es tat doch gut! Es brach die Welschen und
hob unsern Mut. Da ging's! Rick! rack! herüber, hinüber!
Alles totgeschlagen, alles ins Wasser gesprengt. Und die
Kerle ersoffen, wie sie das Wasser schmeckten; und was
wir Holländer waren, gerad hintendrein. Uns, die wir   5
beidlebig sind, ward erst wohl im Wasser wie den
Fröschen; und immer die Feinde im Fluß zusammenge-
hauen, weggeschossen wie die Enten. Was nun noch durchbrach, schlugen euch auf der Flucht die Bauerweiber mit
Hacken und Mistgabeln tot. Mußte doch die welsche   10
Majestät gleich das Pfötchen reichen und Friede machen.
Und den Frieden seid ihr uns schuldig, dem großen Egmont schuldig.

A l l e. Hoch! dem großen Egmont hoch! und abermal hoch!
und abermal hoch!   15

J e t t e r. Hätte man uns den statt der Margrete von Parma
zum Regenten gesetzt!

S o e s t. Nicht so! Wahr bleibt wahr! Ich lasse mir Marga-
reten nicht schelten. Nun ist's an mir. Es lebe unsre
gnäd'ge Frau!   20

A l l e. Sie lebe!

S o e s t. Wahrlich, treffliche Weiber sind in dem Hause. Die
Regentin lebe!

J e t t e r. Klug ist sie, und mäßig in allem, was sie tut;
hielte sie's nur nicht so steif und fest mit den Pfaffen. Sie   25
ist doch auch mit schuld, daß wir die vierzehn neuen
Bischofsmützen im Lande haben. Wozu die nur sollen?
Nicht wahr, daß man Fremde in die guten Stellen ein-
schieben kann, wo sonst Äbte aus den Kapiteln gewählt
wurden? Und wir sollen glauben, es sei um der Religion   30
willen. Ja, es hat sich. An drei Bischöfen hatten wir genug: da ging's ehrlich und ordentlich zu. Nun muß doch
auch jeder tun, als ob er nötig wäre; und da setzt's allen
Augenblick Verdruß und Händel. Und je mehr ihr das
Ding rüttelt und schüttelt, desto trüber wird's.   35

(Sie trinken.)

S o e s t. Das war nun des Königs Wille; sie kann nichts
davon- noch dazutun.

J e t t e r. Da sollen wir nun die neuen Psalmen nicht singen.
Sie sind wahrlich gar schön in Reimen gesetzt und haben   40

recht erbauliche Weisen. Die sollen wir nicht singen, aber
Schelmenlieder, so viel wir wollen. Und warum? Es seien
Ketzereien drin, sagen sie, und Sachen, Gott weiß. Ich
hab ihrer doch auch gesungen; es ist jetzt was Neues, ich
5 hab nichts drin gesehen.

B u y c k. Ich wollte sie fragen! In unsrer Provinz singen
wir, was wir wollen. Das macht, daß Graf Egmont unser
Statthalter ist; der fragt nach so etwas nicht. – In Gent,
Ypern, durch ganz Flandern singt sie, wer Belieben hat.
10 *(Laut.)* Es ist ja wohl nichts unschuldiger als ein geistlich
Lied? Nicht wahr, Vater?

R u y s u m. Ei wohl! Es ist ja ein Gottesdienst, eine Er-
bauung.

J e t t e r. Sie sagen aber, es sei nicht auf die rechte Art,
15 nicht auf ihre Art; und gefährlich ist's doch immer, da
läßt man's lieber sein. Die Inquisitionsdiener schleichen
herum und passen auf; mancher ehrliche Mann ist schon
unglücklich geworden. Der Gewissenszwang fehlte noch!
Da ich nicht tun darf, was ich möchte, können sie mich
20 doch denken und singen lassen, was ich will.

S o e s t. Die Inquisition kommt nicht auf. Wir sind nicht
gemacht, wie die Spanier, unser Gewissen tyrannisieren
zu lassen. Und der Adel muß auch beizeiten suchen, ihr
die Flügel zu beschneiden.

25 J e t t e r. Es ist sehr fatal. Wenn's den lieben Leuten einfällt, in mein Haus zu stürmen, und ich sitz an meiner
Arbeit und summe just einen französischen Psalm und denke
nichts dabei, weder Gutes noch Böses; ich summe ihn aber,
weil er mir in der Kehle ist: gleich bin ich ein Ketzer und
30 werde eingesteckt. Oder ich gehe über Land und bleibe bei
einem Haufen Volks stehen, das einem neuen Prediger
zuhört, einem von denen, die aus Deutschland gekommen
sind: auf der Stelle heiß ich ein Rebell und komme in
Gefahr, meinen Kopf zu verlieren. Habt ihr je einen pre-
35 digen hören?

S o e s t. Wackre Leute. Neulich hört' ich einen auf dem
Felde vor tausend und tausend Menschen sprechen. Das
war ein ander Geköch, als wenn unsre auf der Kanzel
herumtrommeln und die Leute mit lateinischen Brocken
40 erwürgen. Der sprach von der Leber weg; sagte, wie sie

uns bisher hätten bei der Nase herumgeführt, uns in der
Dummheit erhalten, und wie wir mehr Erleuchtung haben
könnten. – Und das bewies er euch alles aus der Bibel.
J e t t e r. Da mag doch auch was dran sein. Ich sagt's immer
selbst und grübelte so über die Sache nach. Mir ist's lang   5
im Kopf herumgegangen.
B u y c k. Es läuft ihnen auch alles Volk nach.
S o e s t. Das glaub ich, wo man was Gutes hören kann und
was Neues.
J e t t e r. Und was ist's denn nun? Man kann ja einen jeden   10
predigen lassen nach seiner Weise.
B u y c k. Frisch, ihr Herren! Über dem Schwätzen vergeßt
ihr den Wein und Oranien.
J e t t e r. Den nicht zu vergessen. Das ist ein rechter Wall:
wenn man nur an ihn denkt, meint man gleich, man könne   15
sich hinter ihn verstecken und der Teufel brächte einen
nicht hervor. Hoch! Wilhelm von Oranien, hoch!
A l l e. Hoch! hoch!
S o e s t. Nun, Alter, bring auch deine Gesundheit.
R u y s u m. Alte Soldaten! Alle Soldaten! Es lebe der   20
Krieg!
B u y c k. Bravo, Alter! Alle Soldaten! Es lebe der Krieg!
J e t t e r. Krieg! Krieg! Wißt ihr auch, was ihr ruft? Daß
es euch leicht vom Munde geht, ist wohl natürlich; wie
lumpig aber unsereinem dabei zumute ist, kann ich nicht   25
sagen. Das ganze Jahr das Getrommel zu hören; und
nichts zu hören, als wie da ein Haufen gezogen kommt
und dort ein andrer, wie sie über einen Hügel kamen
und bei einer Mühle hielten, wieviel da geblieben sind,
wieviel dort, und wie sie sich drängen, und einer gewinnt,   30
der andere verliert, ohne daß man sein Tage begreift,
wer was gewinnt oder verliert. Wie eine Stadt eingenom-
men wird, die Bürger ermordet werden, und wie's den
armen Weibern, den unschuldigen Kindern ergeht. Das ist
eine Not und Angst, man denkt jeden Augenblick: »Da   35
kommen sie! Es geht uns auch so.«
S o e s t. Drum muß auch ein Bürger immer in Waffen ge-
übt sein.
J e t t e r. Ja, es übt sich, wer Frau und Kinder hat. Und
doch hör ich noch lieber von Soldaten, als ich sie sehe.   40

B u y c k. Das sollt' ich übelnehmen.

J e t t e r. Auf Euch ist's nicht gesagt, Landsmann. Wie wir
die spanischen Besatzungen los waren, holten wir wieder
Atem.

5 S o e s t. Gelt! die lagen dir am schwersten auf?

J e t t e r. Vexier' Er sich.

S o e s t. Die hatten scharfe Einquartierung bei dir.

J e t t e r. Halt dein Maul.

S o e s t. Sie hatten ihn vertrieben aus der Küche, dem Kel-
10 ler, der Stube – dem Bette.

(Sie lachen.)

J e t t e r. Du bist ein Tropf.

B u y c k. Friede, ihr Herren! Muß der Soldat Friede rufen?
– Nun da ihr von uns nichts hören wollt, nun bringt auch
15 eure Gesundheit aus, eine bürgerliche Gesundheit.

J e t t e r. Dazu sind wir bereit! Sicherheit und Ruhe!

S o e s t. Ordnung und Freiheit!

B u y c k. Brav! das sind auch wir zufrieden.

(Sie stoßen an und wiederholen fröhlich die Worte, doch
20 *so, daß jeder in anders ausruft und es eine Art Kanon*
wird. Der Alte horcht und fällt endlich auch mit ein.)

A l l e. Sicherheit und Ruhe! Ordnung und Freiheit!

Palast der Regentin

Margarete von Parma in Jagdkleidern. Hofleute. Pagen.
25 *Bediente.*

R e g e n t i n. Ihr stellt das Jagen ab, ich werde heut nicht
reiten. Sagt Machiavellen, er soll zu mir kommen.

(Alle gehen ab.)

Der Gedanke an diese schrecklichen Begebenheiten läßt
30 mir keine Ruhe! Nichts kann mich ergetzen, nichts mich
zerstreuen; immer sind diese Bilder, diese Sorgen vor mir.
Nun wird der König sagen, dies sei'n die Folgen meiner
Güte, meiner Nachsicht; und doch sagt mir mein Gewissen
jeden Augenblick, das Rätlichste, das Beste getan zu haben.
35 Sollte ich früher mit dem Sturme des Grimmes diese
Flammen anfachen und umhertreiben? Ich hoffte sie zu
umstellen, sie in sich selbst zu verschütten. Ja, was ich mir

selbst sage, was ich wohl weiß, entschuldigt mich vor mir
selbst; aber wie wird es mein Bruder aufnehmen? Denn,
ist es zu leugnen? Der Übermut der fremden Lehrer hat
sich täglich erhöht; sie haben unser Heiligtum gelästert,
die stumpfen Sinne des Pöbels zerrüttet und den Schwin- 5
delgeist unter sie gebannt. Unreine Geister haben sich
unter die Aufrührer gemischt, und schreckliche Taten sind
geschehen, die zu denken schauderhaft ist, und die ich nun
einzeln nach Hofe zu berichten habe, schnell und einzeln,
damit mir der allgemeine Ruf nicht zuvorkomme, damit 10
der König nicht denke, man wolle noch mehr verheimlichen. Ich sehe kein Mittel, weder strenges noch gelindes,
dem Übel zu steuern. O was sind wir Großen auf der
Woge der Menschheit? Wir glauben sie zu beherrschen,
und sie treibt uns auf und nieder, hin und her. 15

(Machiavell tritt auf.)

R e g e n t i n. Sind die Briefe an den König aufgesetzt?

M a c h i a v e l l. In einer Stunde werdet Ihr sie unter-
schreiben können.

R e g e n t i n. Habt Ihr den Bericht ausführlich genug ge- 20
macht?

M a c h i a v e l l. Ausführlich und umständlich, wie es der
König liebt. Ich erzähle, wie zuerst um St. Omer die bil-
derstürmerische Wut sich zeigt. Wie eine rasende Menge,
mit Stäben, Beilen, Hämmern, Leitern, Stricken versehen, 25
von wenig Bewaffneten begleitet, erst Kapellen, Kirchen
und Klöster anfallen, die Andächtigen verjagen, die ver-
schlossenen Pforten aufbrechen, alles umkehren, die Altäre
niederreißen, die Statuen der Heiligen zerschlagen, alle
Gemälde verderben, alles, was sie nur Geweihtes, Gehei- 30
ligtes antreffen, zerschmettern, zerreißen, zertreten. Wie
sich der Haufe unterwegs vermehrt, die Einwohner von
Ypern ihnen die Tore eröffnen. Wie sie den Dom mit un-
glaublicher Schnelle verwüsten, die Bibliothek des Bischofs
verbrennen. Wie eine große Menge Volks, von gleichem 35
Unsinn ergriffen, sich über Menin, Comines, Werwicq,
Lille verbreitet, nirgend Widerstand findet, und wie sie
fast durch ganz Flandern in *einem* Augenblicke die ungeheure
Verschwörung sich erklärt und ausgeführt ist.

R e g e n t i n. Ach, wie ergreift mich aufs neue der Schmerz 40

bei deiner Wiederholung! Und die Furcht gesellt sich dazu, das Übel werde nur größer und größer werden. Sagt
mir Eure Gedanken, Machiavell!

M a c h i a v e l l. Verzeihen Eure Hoheit, meine Gedanken
5 sehen Grillen so ähnlich; und wenn Ihr auch immer mit
meinen Diensten zufrieden wart, habt Ihr doch selten
meinem Rat folgen mögen. Ihr sagtet oft im Scherze: »Du
siehst zu weit, Machiavell! Du solltest Geschichtschreiber
sein: wer handelt, muß fürs Nächste sorgen.« Und doch,
10 habe ich diese Geschichte nicht vorauserzählt? Hab ich
nicht alles vorausgesehen?

R e g e n t i n. Ich sehe auch viel voraus, ohne es ändern zu
können.

M a c h i a v e l l. Ein Wort für tausend: Ihr unterdrückt
15 die neue Lehre nicht. Laßt sie gelten, sondert sie von den
Rechtgläubigen, gebt ihnen Kirchen, faßt sie in die bürgerliche Ordnung, schränkt sie ein; und so habt Ihr die Aufrührer auf einmal zur Ruhe gebracht. Jede andern Mittel
sind vergeblich, und Ihr verheert das Land.

20 R e g e n t i n. Hast du vergessen, mit welchem Abscheu
mein Bruder selbst die Frage verwarf, ob man die neue
Lehre dulden könne? Weißt du nicht, wie er mir in jedem
Briefe die Erhaltung des wahren Glaubens aufs eifrigste
empfiehlt? daß er Ruhe und Einigkeit auf Kosten der
25 Religion nicht hergestellt wissen will? Hält er nicht selbst
in den Provinzen Spione, die wir nicht kennen, um zu
erfahren, wer sich zu der neuen Meinung hinüberneigt?
Hat er nicht zu unsrer Verwunderung uns diesen und
jenen genannt, der sich in unsrer Nähe heimlich der Ket-
30 zerei schuldig machte? Befiehlt er nicht Strenge und
Schärfe? Und ich soll gelind sein? ich soll Vorschläge tun,
daß er nachsehe, daß er dulde? Würde ich nicht alles Vertrauen, allen Glauben bei ihm verlieren?

M a c h i a v e l l. Ich weiß wohl; der König befiehlt, er
35 läßt Euch seine Absichten wissen. Ihr sollt Ruhe und
Friede wiederherstellen, durch ein Mittel, das die Gemüter
noch mehr erbittert, das den Krieg unvermeidlich an allen
Enden anblasen wird. Bedenkt, was Ihr tut. Die größten
Kaufleute sind angesteckt, der Adel, das Volk, die Solda-
40 ten. Was hilft es, auf seinen Gedanken beharren, wenn

sich um uns alles ändert? Möchte doch ein guter Geist
Philippen eingeben, daß es einem Könige anständiger ist,
Bürger zweierlei Glaubens zu regieren, als sie durch einander aufzureiben.

Regentin. Solch ein Wort nie wieder. Ich weiß wohl, 5
daß Politik selten Treu und Glauben halten kann, daß
sie Offenheit, Gutherzigkeit, Nachgiebigkeit aus unsern
Herzen ausschließt. In weltlichen Geschäften ist das leider
nur zu wahr; sollen wir aber auch mit Gott spielen wie
unter einander? Sollen wir gleichgültig gegen unsre be- 10
währte Lehre sein, für die so viele ihr Leben aufgeopfert
haben? Die sollten wir hingeben an hergelaufne, unge-
wisse, sich selbst widersprechende Neuerungen?

Machiavell. Denkt nur deswegen nicht übler von mir.

Regentin. Ich kenne dich und deine Treue und weiß, 15
daß einer ein ehrlicher und verständiger Mann sein kann,
wenn er gleich den nächsten besten Weg zum Heil seiner
Seele verfehlt hat. Es sind noch andere, Machiavell, Männer, die ich schätzen und tadeln muß.

Machiavell. Wen bezeichnet Ihr mir? 20

Regentin. Ich kann es gestehen, daß mir Egmont heute
einen recht innerlichen tiefen Verdruß erregte.

Machiavell. Durch welches Betragen?

Regentin. Durch sein gewöhnliches, durch Gleichgültig-
keit und Leichtsinn. Ich erhielt die schreckliche Botschaft, 25
eben als ich, von vielen und ihm begleitet, aus der Kirche
ging. Ich hielt meinen Schmerz nicht an, ich beklagte mich
laut und rief, indem ich mich zu ihm wendete: »Seht, was
in Eurer Provinz entsteht! Das duldet Ihr, Graf, von dem
der König sich alles versprach?« 30

Machiavell. Und was antwortete er?

Regentin. Als wenn es nichts, als wenn es eine Neben-
sache wäre, versetzte er: »Wären nur erst die Niederländer über ihre Verfassung beruhigt! Das übrige würde sich
leicht geben.« 35

Machiavell. Vielleicht hat er wahrer als klug und
fromm gesprochen. Wie soll Zutrauen entstehen und bleiben, wenn der Niederländer sieht, daß es mehr um seine
Besitztümer als um sein Wohl, um seiner Seele Heil zu
tun ist? Haben die neuen Bischöfe mehr Seelen gerettet, 40

als fette Pfründen geschmaust, und sind es nicht meist
Fremde? Noch werden alle Statthalterschaften mit Niederländern besetzt; lassen sich es die Spanier nicht zu
deutlich merken, daß sie die größte, unwiderstehlichste
5 Begierde nach diesen Stellen empfinden? Will ein Volk
nicht lieber nach seiner Art von den Seinigen regieret
werden als von Fremden, die erst im Lande sich wieder
Besitztümer auf Unkosten aller zu erwerben suchen, die
einen fremden Maßstab mitbringen und unfreundlich und
10 ohne Teilnehmung herrschen?

R e g e n t i n. Du stellst dich auf die Seite der Gegner.

M a c h i a v e l l. Mit dem Herzen gewiß nicht; und wollte,
ich könnte mit dem Verstande ganz auf der unsrigen sein.

R e g e n t i n. Wenn du so willst, so tät' es not, ich träte
15 ihnen meine Regentschaft ab; denn Egmont und Oranien
machten sich große Hoffnung, diesen Platz einzunehmen.
Damals waren sie Gegner; jetzt sind sie gegen mich ver-
bunden, sind Freunde, unzertrennliche Freunde geworden.

M a c h i a v e l l. Ein gefährliches Paar.

20 R e g e n t i n. Soll ich aufrichtig reden: ich fürchte Oranien,
und ich fürchte für Egmont. Oranien sinnt nichts Gutes,
seine Gedanken reichen in die Ferne, er ist heimlich,
scheint alles anzunehmen, widerspricht nie, und in tiefster
Ehrfurcht, mit größter Vorsicht tut er, was ihm beliebt.

25 M a c h i a v e l l. Recht im Gegenteil geht Egmont einen
freien Schritt, als wenn die Welt ihm gehörte.

R e g e n t i n. Er trägt das Haupt so hoch, als wenn die
Hand der Majestät nicht über ihm schwebte.

M a c h i a v e l l. Die Augen des Volks sind alle nach ihm
30 gerichtet, und die Herzen hängen an ihm.

R e g e n t i n. Nie hat er einen Schein vermieden; als wenn
niemand Rechenschaft von ihm zu fordern hätte. Noch
trägt er den Namen Egmont. Graf Egmont freut ihn sich
nennen zu hören; als wollte er nicht vergessen, daß seine
35 Vorfahren Besitzer von Geldern waren. Warum nennt er
sich nicht Prinz von Gaure, wie es ihm zukommt? Warum
tut er das? Will er erloschne Rechte wieder geltend
machen?

M a c h i a v e l l. Ich halte ihn für einen treuen Diener des
40 Königs.

Regentin. Wenn er wollte, wie verdient könnte er sich
    um die Regierung machen; anstatt daß er uns schon, ohne
    sich zu nutzen, unsäglichen Verdruß gemacht hat. Seine
    Gesellschaften, Gastmahle und Gelage haben den Adel
    mehr verbunden und verknüpft als die gefährlichsten   5
    heimlichen Zusammenkünfte. Mit seinen Gesundheiten
    haben die Gäste einen dauernden Rausch, einen nie sich
    verziehenden Schwindel geschöpft. Wie oft setzt er durch
    seine Scherzreden die Gemüter des Volks in Bewegung,
    und wie stutzte der Pöbel über die neuen Livreen, über   10
    die törichten Abzeichen der Bedienten!
Machiavell. Ich bin überzeugt, es war ohne Absicht.
Regentin. Schlimm genug. Wie ich sage: er schadet uns
    und nützt sich nicht. Er nimmt das Ernstliche scherzhaft;
    und wir, um nicht müßig und nachlässig zu scheinen, müs- 15
    sen das Scherzhafte ernstlich nehmen. So hetzt eins das
    andre; und was man abzuwenden sucht, das macht sich
    erst recht. Er ist gefährlicher als ein entschiednes Haupt
    einer Verschwörung; und ich müßte mich sehr irren, wenn
    man ihm bei Hofe nicht alles gedenkt. Ich kann nicht leug- 20
    nen, es vergeht wenig Zeit, daß er mich nicht empfindlich,
    sehr empfindlich macht.
Machiavell. Er scheint mir in allem nach seinem Ge-
    wissen zu handeln.
Regentin. Sein Gewissen hat einen gefälligen Spiegel. 25
    Sein Betragen ist oft beleidigend. Er sieht oft aus, als
    wenn er in der völligen Überzeugung lebe, er sei Herr
    und wolle es uns nur aus Gefälligkeit nicht fühlen lassen,
    wolle uns so gerade nicht zum Lande hinausjagen; es
    werde sich schon geben.   30
Machiavell. Ich bitte Euch, legt seine Offenheit, sein
    glückliches Blut, das alles Wichtige leicht behandelt, nicht
    zu gefährlich aus. Ihr schadet nur ihm und Euch.
Regentin. Ich lege nichts aus. Ich spreche nur von den
    unvermeidlichen Folgen, und ich kenne ihn. Sein nieder- 35
    ländischer Adel und sein Golden Vlies vor der Brust stär-
    ken sein Vertrauen, seine Kühnheit. Beides kann ihn vor
    einem schnellen, willkürlichen Unmut des Königs schüt-
    zen. Untersuch es genau; an dem ganzen Unglück, das
    Flandern trifft, ist er doch nur allein schuld. Er hat zuerst 40

den fremden Lehrern nachgesehn, hat's so genau nicht genommen und vielleicht sich heimlich gefreut, daß wir etwas zu schaffen hatten. Laß mich nur; was ich auf dem
Herzen habe, soll bei dieser Gelegenheit davon. Und ich
5 will die Pfeile nicht umsonst verschießen; ich weiß, wo er
empfindlich ist. Er ist auch empfindlich.

Machiavell. Habt Ihr den Rat zusammenberufen lassen? Kommt Oranien auch?

Regentin. Ich habe nach Antwerpen um ihn geschickt.
10 Ich will ihnen die Last der Verantwortung nahe genug
zuwälzen; sie sollen sich mit mir dem Übel ernstlich ent-
gegensetzen oder sich auch als Rebellen erklären. Eile, daß
die Briefe fertig werden, und bringe mir sie zur Unter-
schrift. Dann sende schnell den bewährten Vaska nach Ma-
15 drid; er ist unermüdet und treu; daß mein Bruder zuerst
durch ihn die Nachricht erfahre, daß der Ruf ihn nicht
übereile. Ich will ihn selbst noch sprechen, eh' er abgeht.

Machiavell. Eure Befehle sollen schnell und genau be-
folgt werden.

20   Bürgerhaus

              Klare. Klarens Mutter. Brackenburg.

Klare. Wollt Ihr mir nicht das Garn halten, Brackenburg?

Brackenburg. Ich bitt Euch, verschont mich, Klärchen.

Klare. Was habt Ihr wieder? Warum versagt Ihr mir
25 diesen kleinen Liebesdienst?

Brackenburg. Ihr bannt mich mit dem Zwirn so fest
vor Euch hin, ich kann Euern Augen nicht ausweichen.

Klare. Grillen! kommt und haltet!

Mutter *(im Sessel strickend).* Singt doch eins! Bracken-
30 burg sekundiert so hübsch. Sonst wart ihr lustig, und ich
hatte immer was zu lachen.

Brackenburg. Sonst.

Klare. Wir wollen singen.

Brackenburg. Was Ihr wollt.

35 Klare. Nur hübsch munter und frisch weg! Es ist ein Sol-
datenliedchen, mein Leibstück. *(Sie wickelt Garn und singt
mit Brackenburg.)*

Die Trommel gerühret!
Das Pfeifchen gespielt!
Mein Liebster gewaffnet
Dem Haufen befiehlt,
Die Lanze hoch führet,   5
Die Leute regieret.
Wie klopft mir das Herze!
Wie wallt mir das Blut!
O hätt' ich ein Wämslein
Und Hosen und Hut!   10

Ich folgt' ihm zum Tor 'naus
Mit mutigem Schritt,
Ging' durch die Provinzen,
Ging' überall mit.
Die Feinde schon weichen,   15
Wir schießen darein.
Welch Glück sondergleichen,
Ein Mannsbild zu sein!

(Brackenburg hat unter dem Singen Klärchen oft angesehen;
zuletzt bleibt ihm die Stimme stocken, die Tränen kommen 20
ihm in die Augen, er läßt den Strang fallen und geht ans
Fenster. Klärchen singt das Lied allein aus, die Mutter winkt
ihr halb unwillig, sie steht auf, geht einige Schritte nach ihm
hin, kehrt halb unschlüssig wieder um und setzt sich.)
M u t t e r. Was gibt's auf der Gasse, Brackenburg? Ich höre 25
    marschieren.
B r a c k e n b u r g. Es ist die Leibwache der Regentin.
K l a r e. Um diese Stunde? was soll das bedeuten? *(Sie steht*
    auf und geht an das Fenster zu Brackenburg.) Das ist
    nicht die tägliche Wache, das sind weit mehr! Fast alle 30
    ihre Haufen. O Brackenburg, geht! hört einmal, was es
    gibt. Es muß etwas Besonderes sein. Geht, guter Bracken-
    burg, tut mir den Gefallen.
B r a c k e n b u r g. Ich gehe! Ich bin gleich wieder da *(Er*
    reicht ihr abgehend die Hand; sie gibt ihm die ihrige.) 35
M u t t e r. Du schickst ihn schon wieder weg.
K l a r e. Ich bin neugierig; und auch, verdenkt mir's nicht,
    seine Gegenwart tut mir weh. Ich weiß immer nicht, wie
    ich mich gegen ihn betragen soll. Ich habe unrecht gegen

ihn, und mich nagt's am Herzen, daß er es so lebendig
fühlt. – Kann ich's doch nicht ändern!

M u t t e r. Es ist ein so treuer Bursche.

K l a r e. Ich kann's auch nicht lassen, ich muß ihm freundlich begegnen. Meine Hand drückt sich oft unversehens zu,
wenn die seine mich so leise, so liebevoll anfaßt. Ich
mache mir Vorwürfe, daß ich ihn betrüge, daß ich in seinem Herzen eine vergebliche Hoffnung nähre. Ich bin
übel dran. Weiß Gott, ich betrüg ihn nicht. Ich will nicht,
daß er hoffen soll, und ich kann ihn doch nicht verzweifeln lassen.

M u t t e r. Das ist nicht gut.

K l a r e. Ich hatte ihn gern und will ihm auch noch wohl
in der Seele. Ich hätte ihn heiraten können und glaube,
ich war nie in ihn verliebt.

M u t t e r. Glücklich wärst du immer mit ihm gewesen.

K l a r e. Wäre versorgt und hätte ein ruhiges Leben.

M u t t e r. Und das ist alles durch deine Schuld verscherzt.

K l a r e. Ich bin in einer wunderlichen Lage. Wenn ich so
nachdenke, wie es gegangen ist, weiß ich's wohl und weiß
es nicht. Und dann darf ich Egmont nur wieder ansehen,
wird mir alles sehr begreiflich, ja wäre mir weit *mehr*
begreiflich. Ach, was ist's ein Mann! Alle Provinzen beten
ihn an, und ich in seinem Arm sollte nicht das glücklichste
Geschöpf von der Welt sein?

M u t t e r. Wie wird's in der Zukunft werden?

K l a r e. Ach, ich frage nur, ob er mich liebt; und ob er mich
liebt, ist das eine Frage?

M u t t e r. Man hat nichts als Herzensangst mit seinen Kindern. Wie das ausgehen wird! Immer Sorge und Kummer!
Es geht nicht gut aus! Du hast dich unglücklich gemacht!
mich unglücklich gemacht!

K l a r e *(gelassen)*. Ihr ließet es doch im Anfange.

M u t t e r. Leider war ich zu gut, bin immer zu gut.

K l a r e. Wenn Egmont vorbeiritt und ich ans Fenster lief,
schaltet Ihr mich da? Tratet Ihr nicht selbst ans Fenster?
Wenn er heraufsah, lächelte, nickte, mich grüßte: war es
Euch zuwider? Fandet Ihr Euch nicht selbst in Eurer
Tochter geehrt?

M u t t e r. Mache mir noch Vorwürfe.

K l a r e *(gerührt)*. Wenn er nun öfter die Straße kam, und
wir wohl fühlten, daß er um meinetwillen den Weg
machte, bemerktet Ihr's nicht selbst mit heimlicher Freude?
Rieft Ihr mich ab, wenn ich hinter den Scheiben stand
und ihn erwartete?   5

M u t t e r. Dachte ich, daß es so weit kommen sollte?

K l a r e *(mit stockender Stimme und zurückgehaltenen Tränen)*. Und wie er uns abends, in den Mantel eingehüllt,
bei der Lampe überraschte, wer war geschäftig, ihn zu
empfangen, da ich auf meinem Stuhl wie angekettet und   10
staunend sitzen blieb?

M u t t e r. Und konnte ich fürchten, daß diese unglückliche
Liebe das kluge Klärchen so bald hinreißen würde? Ich
muß es nun tragen, daß meine Tochter –

K l a r e *(mit ausbrechenden Tränen)*. Mutter! Ihr wollt's   15
nun! Ihr habt Eure Freude, mich zu ängstigen.

M u t t e r *(weinend)*. Weine noch gar! Mache mich noch
elender durch deine Betrübnis. Ist mir's nicht Kummer
genug, daß meine einzige Tochter ein verworfenes Ge-
schöpf ist?   20

K l a r e *(aufstehend und kalt)*. Verworfen! Egmonts Geliebte verworfen? – Welche Fürstin neidete nicht das arme
Klärchen um den Platz an seinem Herzen! O Mutter –
meine Mutter, so redetet Ihr sonst nicht. Liebe Mutter,
seid gut! Das Volk, was *das* denkt, die Nachbarinnen,   25
was *die* murmeln – Diese Stube, dieses kleine Haus ist ein
Himmel, seit Egmonts Liebe drin wohnt.

M u t t e r. Man muß ihm hold sein! das ist wahr. Er ist
immer so freundlich, frei und offen.

K l a r e. Es ist keine falsche Ader an ihm. Seht, Mutter,   30
und er ist doch der große Egmont. Und wenn er zu mir
kommt, wie er so lieb ist, so gut! wie er mir seinen Stand,
seine Tapferkeit gerne verbärge! wie er um mich besorgt
ist! so nur Mensch, nur Freund, nur Liebster.

M u t t e r. Kommt er wohl heute?   35

K l a r e. Habt Ihr mich nicht oft ans Fenster gehen sehn?
Habt Ihr nicht bemerkt, wie ich horche, wenn's an der
Tür rauscht? – Ob ich schon weiß, daß er vor Nacht nicht
kommt, vermut ich ihn doch jeden Augenblick, von morgens an, wenn ich aufstehe. Wär' ich nur ein Bube und   40

könnte immer mit ihm gehen, zu Hofe und überall hin!
Könnt' ihm die Fahne nachtragen in der Schlacht! –

Mutter. Du warst immer so ein Springinsfeld; als ein
kleines Kind schon, bald toll, bald nachdenklich. Ziehst
du dich nicht ein wenig besser an?

Klare. Vielleicht, Mutter! wenn ich Langeweile habe! –
Gestern, denkt, gingen von seinen Leuten vorbei und san-
gen Lobliedchen auf ihn. Wenigstens war sein Name in
den Liedern! das übrige konnte ich nicht verstehn. Das
Herz schlug mir bis an den Hals – Ich hätte sie gern zu-
rückgerufen, wenn ich mich nicht geschämt hätte.

Mutter. Nimm dich in acht! Dein heftiges Wesen verdirbt noch alles; du verrätst dich offenbar vor den Leuten. Wie neulich bei dem Vetter, wie du den Holzschnitt
und die Beschreibung fandst und mit einem Schrei riefst:
»Graf Egmont!« – Ich ward feuerrot.

Klare. Hätt' ich nicht schreien sollen? Es war die Schlacht
bei Gravelingen, und ich finde oben im Bilde den Buch-
staben C. und suche unten in der Beschreibung C. Steht
da: »Graf Egmont, dem das Pferd unter dem Leibe tot-
geschossen wird.« Mich überlief's – und hernach mußt' ich
lachen über den holzgeschnitzten Egmont, der so groß
war als der Turm von Gravelingen gleich dabei und die
englischen Schiffe an der Seite. – Wenn ich mich manchmal
erinnere, wie ich mir sonst eine Schlacht vorgestellt und
was ich mir als Mädchen für ein Bild vom Grafen Egmont
machte, wenn sie von ihm erzählten, und von allen Grafen und Fürsten – und wie mir's jetzt ist!

(Brackenburg kommt.)

Klare. Wie steht's?

Brackenburg. Man weiß nichts Gewisses. In Flandern
soll neuerdings ein Tumult entstanden sein; die Regentin
soll besorgen, er möchte sich hieher verbreiten. Das Schloß
ist stark besetzt, die Bürger sind zahlreich an den Toren,
das Volk summt in den Gassen. – Ich will nur schnell zu
meinem alten Vater. *(Als wollt' er gehen.)*

Klare. Sieht man Euch morgen? Ich will mich ein wenig
anziehen. Der Vetter kommt, und ich sehe gar zu liederlich
aus. Helft mir einen Augenblick, Mutter. – Nehmt das Buch
mit, Brackenburg, und bringt mir wieder so eine Historie.

M u t t e r. Lebt wohl.
B r a c k e n b u r g *(seine Hand reichend).* Eure Hand!
K l a r e *(ihre Hand versagend).* Wenn Ihr wiederkommt.
(*Mutter und Tochter ab.*)

B r a c k e n b u r g *(allein).* Ich hatte mir vorgenommen, ge- 5
rade wieder fortzugehn; und da sie es dafür aufnimmt
und mich gehen läßt, möcht' ich rasend werden. – Unglücklicher! und dich rührt deines Vaterlandes Geschick
nicht? der wachsende Tumult nicht? – und gleich ist dir
Landsmann oder Spanier, und wer regiert und wer recht 10
hat? – War ich doch ein andrer Junge als Schulknabe! –
Wenn da ein Exerzitium aufgegeben war: »Brutus' Rede
für die Freiheit, zur Übung der Redekunst«, da war doch
immer Fritz der Erste, und der Rektor sagte: »Wenn's
nur ordentlicher wäre, nur nicht alles so übereinander ge- 15
stolpert.« – Damals kocht' es und trieb! – Jetzt schlepp
ich mich an den Augen des Mädchens so hin. Kann ich sie
doch nicht lassen! Kann sie mich doch nicht lieben! – Ach
– Nein – Sie – Sie kann mich nicht ganz verworfen haben
– – Nicht ganz – und halb und nichts! – Ich duld es nicht 20
länger! – – Sollte es wahr sein, was mir ein Freund neulich ins Ohr sagte? daß sie nachts einen Mann heimlich zu
sich einläßt, da sie mich züchtig immer vor Abend aus
dem Hause treibt. Nein, es ist nicht wahr, es ist eine Lüge,
eine schändliche verleumderische Lüge! Klärchen ist so 25
unschuldig, als ich unglücklich bin. – Sie hat mich verworfen, hat mich von ihrem Herzen gestoßen – – Und ich soll
so fortleben? Ich duld, ich duld es nicht. – – Schon wird
mein Vaterland von innerm Zwiste heftiger bewegt, und
ich sterbe unter dem Getümmel nur ab! Ich duld es nicht! 30
– Wenn die Trompete klingt, ein Schuß fällt, mir fährt's
durch Mark und Bein! Ach, es reizt mich nicht! es fordert
mich nicht, auch mit einzugreifen, mit zu retten, zu wagen. – Elender, schimpflicher Zustand! Es ist besser, ich
end auf einmal. Neulich stürzt' ich mich ins Wasser, ich 35
sank – aber die geängstete Natur war stärker; ich fühlte,
daß ich schwimmen konnte, und rettete mich wider Willen. – – Könnt' ich der Zeiten vergessen, da sie mich liebte,
mich zu lieben schien! – Warum hat mir 's Mark und Bein
durchdrungen, das Glück? Warum haben mir diese Hoff- 40

nungen allen Genuß des Lebens aufgezehrt, indem sie mir
ein Paradies von weitem zeigten? – Und jener erste Kuß!
Jener einzige! – Hier *(die Hand auf den Tisch legend)*,
hier waren wir allein – sie war immer gut und freundlich
gegen mich gewesen – da schien sie sich zu erweichen – sie
sah mich an – alle Sinnen gingen mir um, und ich fühlte
ihre Lippen auf den meinigen. – Und – und nun? – Stirb,
Armer! Was zauderst du? *(Er zieht ein Fläschchen aus der
Tasche.)* Ich will dich nicht umsonst aus meines Bruders
Doktorkästchen gestohlen haben, heilsames Gift! Du sollst
mir dieses Bangen, diese Schwindel, diese Todesschweiße
auf einmal verschlingen und lösen.

ZWEITER AUFZUG

Platz in Brüssel

Jetter und ein Zimmermeister treten zusammen.

Z i m m e r m e i s t e r. Sagt' ich's nicht voraus? Noch vor
acht Tagen auf der Zunft sagt' ich, es würde schwere
Händel geben.

J e t t e r. Ist's denn wahr, daß sie die Kirchen in Flandern
geplündert haben?

Z i m m e r m e i s t e r. Ganz und gar zugrunde gerichtet
haben sie Kirchen und Kapellen. Nichts als die vier nackten Wände haben sie stehen lassen. Lauter Lumpengesin-
del! Und das macht unsre gute Sache schlimm. Wir hätten
eher, in der Ordnung und standhaft, unsere Gerechtsame
der Regentin vortragen und drauf halten sollen. Reden
wir jetzt, versammeln wir uns jetzt, so heißt es, wir ge-
sellen uns zu den Aufwieglern.

J e t t e r. Ja, so denkt jeder zuerst: was sollst du mit deiner
Nase voran? hängt doch der Hals gar nah damit zusammen.

Z i m m e r m e i s t e r. Mir ist's bange, wenn's einmal unter
dem Pack zu lärmen anfängt, unter dem Volk, das nichts
zu verlieren hat. Die brauchen das zum Vorwande, wor-
auf wir uns auch berufen müssen, und bringen das Land
in Unglück.

(Soest tritt dazu.)

S o e s t. Guten Tag, ihr Herrn! Was gibt's Neues? Ist's
wahr, daß die Bilderstürmer gerade hierher ihren Lauf
nehmen?

Z i m m e r m e i s t e r. Hier sollen sie nichts anrühren.

S o e s t. Es trat ein Soldat bei mir ein, Tobak zu kaufen;
den fragt' ich aus. Die Regentin, so eine wackre kluge
Frau sie bleibt, diesmal ist sie außer Fassung. Es muß sehr
arg sein, daß sie sich so geradezu hinter ihre Wache ver-
steckt. Die Burg ist scharf besetzt. Man meint sogar, sie
wolle aus der Stadt flüchten.

Z i m m e r m e i s t e r. Hinaus soll sie nicht! Ihre Gegenwart beschützt uns, und wir wollen ihr mehr Sicherheit

verschaffen als ihre Stutzbärte. Und wenn sie uns unsere
Rechte und Freiheiten aufrechterhält, so wollen wir sie
auf den Händen tragen.

(Seifensieder tritt dazu.)

5 S e i f e n s i e d e r. Garstige Händel! Üble Händel! Es wird
unruhig und geht schief aus! – Hütet euch, daß ihr stille
bleibt, daß man euch nicht auch für Aufwiegler hält.
S o e s t. Da kommen die sieben Weisen aus Griechenland.
S e i f e n s i e d e r. Ich weiß, da sind viele, die es heimlich
10 mit den Calvinisten halten, die auf die Bischöfe lästern,
die den König nicht scheuen. Aber ein treuer Untertan,
ein aufrichtiger Katholike! –
*(Es gesellt sich nach und nach allerlei Volk zu ihnen und
horcht. – Vansen tritt dazu.)*
15 V a n s e n. Gott grüß' euch Herren! Was Neues?
Z i m m e r m e i s t e r. Gebt euch mit dem nicht ab, das ist
ein schlechter Kerl.
J e t t e r. Ist es nicht der Schreiber beim Doktor Wiets?
Z i m m e r m e i s t e r. Er hat schon viele Herren gehabt.
20 Erst war er Schreiber, und wie ihn ein Patron nach dem
andern fortjagte, Schelmstreiche halber, pfuscht er jetzt
Notaren und Advokaten ins Handwerk und ist ein
Branntweinzapf.
(Es kommt mehr Volk zusammen und steht truppweise.)
25 V a n s e n. Ihr seid auch versammelt, steckt die Köpfe zu-
sammen. Es ist immer redenswert.
S o e s t. Ich denk auch.
V a n s e n. Wenn jetzt einer oder der andere Herz hätte,
und einer oder der andere den Kopf dazu: wir könnten
30 die spanischen Ketten auf einmal sprengen.
S o e s t. Herre! So müßt Ihr nicht reden. Wir haben dem
König geschworen.
V a n s e n. Und der König uns. Merkt das.
J e t t e r. Das läßt sich hören! Sagt Eure Meinung.
35 E i n i g e a n d e r e. Horch, der versteht's. Der hat Pfiffe.
V a n s e n. Ich hatte einen alten Patron, der besaß Perga-
mente und Briefe von uralten Stiftungen, Kontrakten und
Gerechtigkeiten; er hielt auf die rarsten Bücher. In einem
stand unsere ganze Verfassung: wie uns Niederländer zu-
40 erst einzelne Fürsten regierten, alles nach hergebrachten

Rechten, Privilegien und Gewohnheiten; wie unsre Vorfahren alle Ehrfurcht für ihren Fürsten gehabt, wenn er
sie regiert, wie er sollte; und wie sie sich gleich vorsahen,
wenn er über die Schnur hauen wollte. Die Staaten waren
gleich hinterdrein: denn jede Provinz, so klein sie war,   5
hatte ihre Staaten, ihre Landstände.

Z i m m e r m e i s t e r. Haltet Euer Maul! das weiß man
lange! Ein jeder rechtschaffene Bürger ist, so viel er
braucht, von der Verfassung unterrichtet.

J e t t e r. Laßt ihn reden; man erfährt immer etwas mehr.   10

S o e s t. Er hat ganz recht.

M e h r e r e. Erzählt! erzählt! So was hört man nicht alle
Tage.

V a n s e n. So seid ihr Bürgersleute! Ihr lebt nur so in den
Tag hin; und wie ihr euer Gewerb' von euern Eltern über-   15
kommen habt, so laßt ihr auch das Regiment über euch
schalten und walten, wie es kann und mag. Ihr fragt nicht
nach dem Herkommen, nach der Historie, nach dem Recht
eines Regenten; und über das Versäumnis haben euch die
Spanier das Netz über die Ohren gezogen.   20

S o e s t. Wer denkt da dran? wenn einer nur das tägliche
Brot hat.

J e t t e r. Verflucht! Warum tritt auch keiner in Zeiten auf
und sagt einem so etwas?

V a n s e n. Ich sag es euch jetzt. Der König in Spanien, der   25
die Provinzen durch gut Glück zusammen besitzt, darf
doch nicht drin schalten und walten anders als die kleinen
Fürsten, die sie ehemals einzeln besaßen. Begreift ihr das?

J e t t e r. Erklärt's uns.

V a n s e n. Es ist so klar als die Sonne. Müßt ihr nicht nach   30
euern Landrechten gerichtet werden? Woher käme das?

E i n B ü r g e r. Wahrlich!

V a n s e n. Hat der Brüsseler nicht ein ander Recht als der
Antwerper? der Antwerper als der Genter? Woher käme
denn das?   35

A n d e r e r B ü r g e r. Bei Gott!

V a n s e n. Aber, wenn ihr's so fortlaufen laßt, wird man's
euch bald anders weisen. Pfui! Was Karl der Kühne,
Friedrich der Krieger, Karl der Fünfte nicht konnten, das
tut nun Philipp durch ein Weib.   40

S o e s t. Ja, ja! Die alten Fürsten haben's auch schon pro-
biert.

V a n s e n. Freilich! – Unsere Vorfahren paßten auf. Wie
sie einem Herrn gram wurden, fingen sie ihm etwa seinen
Sohn und Erben weg, hielten ihn bei sich und gaben ihn
nur auf die besten Bedingungen heraus. Unsere Väter
waren Leute! Die wußten, was ihnen nütz war! Die wußten etwas zu fassen und festzusetzen! Rechte Männer!
Dafür sind aber auch unsere Privilegien so deutlich, unsere
Freiheiten so versichert.

S e i f e n s i e d e r. Was sprecht Ihr von Freiheiten?

D a s V o l k. Von unsern Freiheiten, von unsern Privilegien! Erzählt noch was von unsern Privilegien.

V a n s e n. Wir Brabanter besonders, obgleich alle Provinzen ihre Vorteile haben, wir sind am herrlichsten versehen.
Ich habe alles gelesen.

S o e s t. Sagt an.

J e t t e r. Laßt hören.

E i n B ü r g e r. Ich bitt Euch.

V a n s e n. Erstlich steht geschrieben: Der Herzog von Bra-
bant soll uns ein guter und getreuer Herr sein.

S o e s t. Gut! Steht das so?

J e t t e r. Getreu? Ist das wahr?

V a n s e n. Wie ich euch sage. Er ist uns verpflichtet, wie
wir ihm. Zweitens: Er soll keine Macht oder eignen Willen an uns beweisen, merken lassen, oder gedenken zu gestatten, auf keinerlei Weise.

J e t t e r. Schön! Schön! nicht beweisen.

S o e s t. Nicht merken lassen.

E i n a n d e r e r. Und nicht gedenken zu gestatten! Das ist
der Hauptpunkt. Niemanden gestatten, auf keinerlei
Weise.

V a n s e n. Mit ausdrücklichen Worten.

J e t t e r. Schafft uns das Buch.

E i n B ü r g e r. Ja, wir müssen's haben.

A n d e r e. Das Buch! das Buch!

E i n a n d e r e r. Wir wollen zu der Regentin gehen mit
dem Buche.

E i n a n d e r e r. Ihr sollt das Wort führen, Herr Doktor.

S e i f e n s i e d e r. O die Tröpfe!

A n d e r e. Noch etwas aus dem Buche!

S e i f e n s i e d e r. Ich schlage ihm die Zähne in den Hals,
wenn er noch ein Wort sagt.

D a s V o l k. Wir wollen sehen, wer ihm etwas tut. Sagt
uns was von den Privilegien! Haben wir noch mehr Privi-   5
legien?

V a n s e n. Mancherlei, und sehr gute, sehr heilsame. Da
steht auch: Der Landsherr soll den geistlichen Stand nicht
verbessern oder mehren, ohne Verwilligung des Adels und
der Stände! Merkt das! Auch den Staat des Landes nicht 10
verändern.

S o e s t. Ist das so?

V a n s e n. Ich will's euch geschrieben zeigen, von zwei-,
dreihundert Jahren her.

B ü r g e r. Und wir leiden die neuen Bischöfe? Der Adel 15
muß uns schützen, wir fangen Händel an!

A n d e r e. Und wir lassen uns von der Inquisition ins
Bockshorn jagen?

V a n s e n. Das ist eure Schuld.

D a s V o l k. Wir haben noch Egmont! noch Oranien! Die 20
sorgen für unser Bestes!

V a n s e n. Eure Brüder in Flandern haben das gute Werk
angefangen.

S e i f e n s i e d e r. Du Hund!
                    (Er schlägt ihn.)   25

A n d e r e *(widersetzen sich und rufen).* Bist du auch ein
Spanier?

E i n a n d e r e r. Was? den Ehrenmann?

E i n a n d e r e r. Den Gelahrten?
                (Sie fallen den Seifensieder an.)   30

Z i m m e r m e i s t e r. Um 's Himmels willen, ruht!
        (Andere mischen sich in den Streit.)

Z i m m e r m e i s t e r. Bürger, was soll das?
*(Buben pfeifen, werfen mit Steinen, hetzen Hunde an, Bür-
ger stehn und gaffen, Volk läuft zu, andere gehn gelassen* 35
auf und ab, andere treiben allerlei Schalkspossen, schreien
und jubilieren.)

A n d e r e. Freiheit und Privilegien! Privilegien und Freiheit!

        (Egmont tritt auf mit Begleitung.)   40

E g m o n t. Ruhig! Ruhig, Leute! Was gibt's? Ruhe! Bringt
sie aus einander!

Z i m m e r m e i s t e r. Gnädiger Herr, Ihr kommt wie ein
Engel des Himmels. Stille! seht ihr nichts? Graf Egmont!
Dem Grafen Egmont Reverenz!

E g m o n t. Auch hier? Was fangt ihr an? Bürger gegen
Bürger! Hält sogar die Nähe unsrer königlichen Regentin
diesen Unsinn nicht zurück? Geht auseinander, geht an
euer Gewerbe. Es ist ein übles Zeichen, wenn ihr an Werk-
tagen feiert. Was war's?

(Der Tumult stillt sich nach und nach, und alle stehen um
ihn herum.)

Z i m m e r m e i s t e r. Sie schlagen sich um ihre Privilegien.

E g m o n t. Die sie noch mutwillig zertrümmern werden –
Und wer seid Ihr? Ihr scheint mir rechtliche Leute.

Z i m m e r m e i s t e r. Das ist unser Bestreben.

E g m o n t. Eures Zeichens?

Z i m m e r m e i s t e r. Zimmermann und Zunftmeister.

E g m o n t. Und Ihr?

S o e s t. Krämer.

E g m o n t. Ihr?

J e t t e r. Schneider.

E g m o n t. Ich erinnere mich, Ihr habt mit an den Livreen
für meine Leute gearbeitet. Euer Name ist Jetter.

J e t t e r. Gnade, daß Ihr Euch dessen erinnert.

E g m o n t. Ich vergesse niemanden leicht, den ich einmal
gesehen und gesprochen habe. – Was an euch ist, Ruhe zu
erhalten, Leute, das tut; ihr seid übel genug angeschrieben.
Reizt den König nicht mehr, er hat zuletzt doch die Gewalt in Händen. Ein ordentlicher Bürger, der sich ehrlich
und fleißig nährt, hat überall so viel Freiheit, als er braucht.

Z i m m e r m e i s t e r. Ach wohl! das ist eben unsre Not!
Die Tagdiebe, die Söffer, die Faulenzer, mit Euer Gnaden
Verlaub, die stänkern aus Langerweile und scharren aus
Hunger nach Privilegien und lügen den Neugierigen und
Leichtgläubigen was vor, und um eine Kanne Bier bezahlt
zu kriegen, fangen sie Händel an, die viel tausend Menschen unglücklich machen. Das ist ihnen eben recht. Wir
halten unsre Häuser und Kasten zu gut verwahrt; da
möchten sie gern uns mit Feuerbränden davontreiben.

E g m o n t. Allen Beistand sollt ihr finden; es sind Maßregeln genommen, dem Übel kräftig zu begegnen. Steht
fest gegen die fremde Lehre und glaubt nicht, durch Aufruhr befestige man Privilegien. Bleibt zu Hause; leidet
nicht, daß sie sich auf den Straßen rotten. Vernünftige   5
Leute können viel tun.
     (Indessen hat sich der größte Haufe verlaufen.)
Z i m m e r m e i s t e r. Danken Euer Exzellenz, danken für
die gute Meinung! Alles, was an uns liegt. *(Egmont ab.)*
Ein gnädiger Herr! der echte Niederländer! Gar so nichts   10
Spanisches.
J e t t e r. Hätten wir ihn nur zum Regenten! Man folgt'
ihm gerne.
S o e s t. Das läßt der König wohl sein. Den Platz besetzt
er immer mit den Seinigen.   15
J e t t e r. Hast du das Kleid gesehen? Das war nach der
neuesten Art, nach spanischem Schnitt.
Z i m m e r m e i s t e r. Ein schöner Herr!
J e t t e r. Sein Hals wär' ein rechtes Fressen für einen
Scharfrichter.   20
S o e s t. Bist du toll? was kommt dir ein!
J e t t e r. Dumm genug, daß einem so etwas einfällt. – Es
ist mir nun so. Wenn ich einen schönen langen Hals sehe,
muß ich gleich wider Willen denken: der ist gut köpfen.
– Die verfluchten Exekutionen! man kriegt sie nicht aus   25
dem Sinne. Wenn die Bursche schwimmen, und ich seh
einen nackten Buckel, gleich fallen sie mir zu Dutzenden
ein, die ich habe mit Ruten streichen sehen. Begegnet mir
ein rechter Wanst, mein ich, den säh' ich schon am Pfahl
braten. Des Nachts im Traume zwickt mich's an allen   30
Gliedern; man wird eben keine Stunde froh. Jede Lust-
barkeit, jeden Spaß hab ich bald vergessen; die fürchterlichen Gestalten sind mir wie vor die Stirne gebrannt.

Egmonts Wohnung

Sekretär an einem Tisch mit Papieren, er steht unruhig auf.

S e k r e t ä r. Er kommt immer nicht! und ich warte schon
zwei Stunden, die Feder in der Hand, die Papiere vor
mir; und eben heute möcht' ich gern so zeitig fort. Es
brennt mir unter den Sohlen. Ich kann vor Ungeduld
kaum bleiben. »Sei auf die Stunde da«, befahl er mir
noch, ehe er wegging; nun kommt er nicht. Es ist so viel
zu tun, ich werde vor Mitternacht nicht fertig. Freilich
sieht er einem auch einmal durch die Finger. Doch hielt'
ich's besser, wenn er strenge wäre und ließe einen auch
wieder zur bestimmten Zeit. Man könnte sich einrichten.
Von der Regentin ist er nun schon zwei Stunden weg;
wer weiß, wen er unterwegs angefaßt hat.

(Egmont tritt auf.)

E g m o n t. Wie sieht's aus?

S e k r e t ä r. Ich bin bereit, und drei Boten warten.

E g m o n t. Ich bin dir wohl zu lang geblieben; du machst
ein verdrießlich Gesicht.

S e k r e t ä r. Euerm Befehl zu gehorchen, wart ich schon
lange. Hier sind die Papiere!

E g m o n t. Donna Elvira wird böse auf mich werden, wenn
sie hört, daß ich dich abgehalten habe.

S e k r e t ä r. Ihr scherzt.

E g m o n t. Nein, nein. Schäme dich nicht. Du zeigst einen
guten Geschmack. Sie ist hübsch; und es ist mir ganz recht,
daß du auf dem Schlosse eine Freundin hast. Was sagen
die Briefe?

S e k r e t ä r. Mancherlei und wenig Erfreuliches.

E g m o n t. Da ist gut, daß wir die Freude zu Hause haben
und sie nicht von auswärts zu erwarten brauchen. Ist viel
gekommen?

S e k r e t ä r. Genug, und drei Boten warten.

E g m o n t. Sag an! das Nötigste!

S e k r e t ä r. Es ist alles nötig.

E g m o n t. Eins nach dem andern, nur geschwind!

S e k r e t ä r. Hauptmann Breda schickt die Relation, was
weiter in Gent und der umliegenden Gegend vorgefallen.
Der Tumult hat sich meistens gelegt. –

E g m o n t. Er schreibt wohl noch von einzelnen Ungezo-
genheiten und Tollkühnheiten?

S e k r e t ä r. Ja! Es kommt noch manches vor.

E g m o n t. Verschone mich damit.

S e k r e t ä r. Noch sechs sind eingezogen worden, die bei 5
Wervicq das Marienbild umgerissen haben. Er fragt an,
ob er sie auch wie die andern soll hängen lassen?

E g m o n t. Ich bin des Hängens müde. Man soll sie durchpeitschen, und sie mögen gehen.

S e k r e t ä r. Es sind zwei Weiber dabei; soll er die auch 10
durchpeitschen?

E g m o n t. Die mag er verwarnen und laufenlassen.

S e k r e t ä r. Brink von Bredas Kompanie will heiraten.
Der Hauptmann hofft, Ihr werdet's ihm abschlagen. Es
sind so viele Weiber bei dem Haufen, schreibt er, daß, 15
wenn wir ausziehen, es keinem Soldatenmarsch, sondern
einem Zigeunergeschleppe ähnlich sehen wird.

E g m o n t. Dem mag's noch hingehen! Es ist ein schöner
junger Kerl; er bat mich noch gar dringend, eh' ich wegging. Aber nun soll's keinem mehr gestattet sein, so leid 20
mir's tut, den armen Teufeln, die ohnedies geplagt genug
sind, ihren besten Spaß zu versagen.

S e k r e t ä r. Zwei von Euern Leuten, Seter und Hart,
haben einem Mädel, einer Wirtstochter, übel mitgespielt.
Sie kriegten sie allein, und die Dirne konnte sich ihrer 25
nicht erwehren.

E g m o n t. Wenn es ein ehrlich Mädchen ist, und sie haben
Gewalt gebraucht, so soll er sie drei Tage hintereinander
mit Ruten streichen lassen, und wenn sie etwas besitzen, 30
soll er so viel davon einziehen, daß dem Mädchen eine
Ausstattung gereicht werden kann.

S e k r e t ä r. Einer von den fremden Lehrern ist heimlich
durch Comines gegangen und entdeckt worden. Er
schwört, er sei im Begriff, nach Frankreich zu gehen. 35
Nach dem Befehl soll er enthauptet werden.

E g m o n t. Sie sollen ihn in der Stille an die Grenze bringen und ihm versichern, daß er das zweitemal nicht so
wegkommt. 40

Sekretär. Ein Brief von Euerm Einnehmer. Er schreibt:
es komme wenig Geld ein, er könne auf die Woche die
verlangte Summe schwerlich schicken; der Tumult habe in
alles die größte Konfusion gebracht.

5 Egmont. Das Geld muß herbei! er mag sehen, wie er es
zusammenbringt.

Sekretär. Er sagt, er werde sein möglichstes tun und
wolle endlich den Raymond, der Euch so lange schuldig
ist, verklagen und in Verhaft nehmen lassen.

10 Egmont. Der hat ja versprochen zu bezahlen.

Sekretär. Das letztemal setzte er sich selbst vierzehn
Tage.

Egmont. So gebe man ihm noch vierzehn Tage; und
dann mag er gegen ihn verfahren.

15 Sekretär. Ihr tut wohl. Es ist nicht Unvermögen; es ist
böser Wille. Er macht gewiß Ernst, wenn er sieht, Ihr
spaßt nicht. – Ferner sagt der Einnehmer: er wolle den
alten Soldaten, den Witwen und einigen andern, denen
Ihr Gnadengehalte gebt, die Gebühr einen halben Monat

20 zurückhalten; man könne indessen Rat schaffen; sie möchten sich einrichten.

Egmont. Was ist da einzurichten? Die Leute brauchen
das Geld nötiger als ich. Das soll er bleibenlassen.

25 Sekretär. Woher befehlt Ihr denn, daß er das Geld
nehmen soll?

Egmont. Darauf mag er denken; es ist ihm im vorigen
Briefe schon gesagt.

Sekretär. Deswegen tut er die Vorschläge.

30 Egmont. Die taugen nicht, er soll auf was anders sinnen.
Er soll Vorschläge tun, die annehmlich sind, und vor allem
soll er das Geld schaffen.

Sekretär. Ich habe den Brief des Grafen Oliva wieder
hiehergelegt. Verzeiht, daß ich Euch daran erinnere. Der

35 alte Herr verdient vor allen andern eine ausführliche Antwort. Ihr wolltet ihm selbst schreiben. Gewiß, er liebt
Euch wie ein Vater.

Egmont. Ich komme nicht dazu. Und unter vielem Ver-
haßten ist mir das Schreiben das Verhaßteste. Du machst

40 meine Hand ja so gut nach, schreib in meinem Namen.

Ich erwarte Oranien. Ich komme nicht dazu; und wünschte
selbst, daß ihm auf seine Bedenklichkeiten was recht Be-
ruhigendes geschrieben würde.

S e k r e t ä r. Sagt mir nur ungefähr Eure Meinung; ich will
die Antwort schon aufsetzen und sie Euch vorlegen. Geschrieben soll sie werden, daß sie vor Gericht für Eure
Hand gelten kann.

E g m o n t. Gib mir den Brief. *(Nachdem er hineingesehen.)*
Guter ehrlicher Alter! Warst du in deiner Jugend auch
wohl so bedächtig? Erstiegst du nie einen Wall? Bliebst du
in der Schlacht, wo es die Klugheit anrät, hinten? – Der
treue, sorgliche! Er will mein Leben und mein Glück und
fühlt nicht, daß der schon tot ist, der um seiner Sicherheit
willen lebt. – Schreib ihm, er möge unbesorgt sein; ich
handle, wie ich soll, ich werde mich schon wahren: sein
Ansehn bei Hofe soll er zu meinen Gunsten brauchen und
meines vollkommnen Dankes gewiß sein.

S e k r e t ä r. Nichts weiter? O er erwartet mehr.

E g m o n t. Was soll ich mehr sagen? Willst du mehr Worte
machen, so steht's bei dir. Es dreht sich immer um den
einen Punkt: ich soll leben, wie ich nicht leben mag. Daß
ich fröhlich bin, die Sachen leicht nehme, rasch lebe, das
ist mein Glück; und ich vertausch es nicht gegen die Sicherheit eines Totengewölbes. Ich habe nun zu der spanischen
Lebensart nicht einen Blutstropfen in meinen Adern; nicht
Lust, meine Schritte nach der neuen bedächtigen Hof-
kadenz zu mustern. Leb ich nur, um aufs Leben zu denken? Soll ich den gegenwärtigen Augenblick nicht genießen, damit ich des folgenden gewiß sei? Und diesen wieder mit Sorgen und Grillen verzehren?   *PINE AWAY*

S e k r e t ä r. Ich bitt Euch, Herr; seid nicht so harsch und
rauh gegen den guten Mann. Ihr seid ja sonst gegen alle
freundlich. Sagt mir ein gefällig Wort, das den edeln
Freund beruhige. Seht, wie sorgfältig er ist, wie leis er
Euch berührt.

E g m o n t. Und doch berührt er immer diese Saite. Er weiß
von alters her, wie verhaßt mir diese Ermahnungen sind;
sie machen nur irre, sie helfen nichts. Und wenn ich ein
Nachtwandler wäre und auf dem gefährlichen Gipfel
eines Hauses spazierte, ist es freundschaftlich, mich beim

FAVORITE PHRASE OF G.

Namen zu rufen und mich zu warnen, zu wecken und zu töten? Laßt jeden seines Pfades gehn; er mag sich wahren.

S e k r e t ä r. Es ziemt Euch, nicht zu sorgen, aber wer Euch kennt und liebt –

E g m o n t *(in den Brief sehend)*. Da bringt er wieder die alten Märchen auf, was wir an einem Abend in leichtem Übermut der Gesellikeit und des Weins getrieben und gesprochen; und was man daraus für Folgen und Beweise durchs ganze Königreich gezogen und geschleppt habe. – Nun gut! wir haben Schellenkappen, Narrenkutten auf unsrer Diener Ärmel sticken lassen, und haben diese tolle Zierde nachher in ein Bündel Pfeile verwandelt; ein noch gefährlicher Symbol für alle, die deuten wollen, wo nichts zu deuten ist. Wir haben die und jene Torheit in einem lustigen Augenblick empfangen gleich und geboren; sind schuld, daß eine ganze edle Schar mit Bettelsäcken und mit einem selbstgewählten Unnamen dem Könige seine Pflicht mit spottender Demut ins Gedächtnis rief; sind schuld – was ist's nun weiter? Ist ein Fastnachtsspiel gleich Hochverrat? Sind uns die kurzen, bunten Lumpen zu mißgönnen, die ein jugendlicher Mut, eine angefrischte Phantasie um unsers Lebens arme Blöße hängen mag? Wenn ihr das Leben gar zu ernsthaft nehmt, was ist denn dran? Wenn uns der Morgen nicht zu neuen Freuden weckt, am Abend uns keine Lust zu hoffen übrigbleibt: ist's wohl des An- und Auszeihens wert? Scheint mir die Sonne heut, um das zu überlegen, was gestern war? und um zu raten, zu verbinden, was nicht zu erraten, nicht zu verbinden ist, das Schicksal eines kommenden Tages? Schenke mir diese Betrachtungen; wir wollen sie Schülern und Höflingen überlassen. Die mögen sinnen und aus-sinnen, wandeln und schleichen, gelangen, wohin sie kön-nen, erschleichen, was sie können. – Kannst du von allem diesem etwas brauchen, daß deine Epistel kein Buch wird, so ist mir's recht. Dem guten Alten scheint alles viel zu wichtig. So drückt ein Freund, der lang seine Hand ge-halten, sie stärker noch einmal, wenn er sie lassen will.

S e k r e t ä r. Verzeiht mir, es wird dem Fußgänger schwind-lig, der einen Mann mit rasselnder Eile daherfahren sieht.

E g m o n t. Kind! Kind! nicht weiter! Wie von unsichtbaren

Geistern gepeitscht, gehen die Sonnenpferde der Zeit mit
unsers Schicksals leichtem Wagen durch; und uns bleibt
nichts, als, mutig gefaßt, die Zügel festzuhalten und bald
rechts bald links, vom Steine hier vom Sturze da, die
Räder wegzulenken. Wohin es geht, wer weiß es? Erinnert
er sich doch kaum, woher er kam.

Sekretär. Herr! Herr!

Egmont. Ich stehe hoch und kann und muß noch höher
steigen; ich fühle mir Hoffnung, Mut und Kraft. Noch
hab ich meines Wachstums Gipfel nicht erreicht; und steh
ich droben einst, so will ich fest, nicht ängstlich stehn. Soll
ich fallen, so mag ein Donnerschlag, ein Sturmwind, ja ein
selbst verfehlter Schritt mich abwärts in die Tiefe stürzen;
da lieg ich mit viel Tausenden. Ich habe nie verschmäht,
mit meinen guten Kriegsgesellen um kleinen Gewinst das
blutige Los zu werfen; und sollt' ich knickern, wenn's um
den ganzen freien Wert des Lebens geht?

Sekretär. O Herr! Ihr wißt nicht, was für Worte Ihr
sprecht! Gott erhalt' Euch!

Egmont. Nimm deine Papiere zusammen. Oranien
kommt. Fertige aus, was am nötigsten ist, daß die Boten
fortkommen, eh die Tore geschlossen werden. Das andere
hat Zeit. Den Brief an den Grafen laß bis morgen; ver-
säume nicht, Elviren zu besuchen, und grüße sie von mir.
– Horche, wie sich die Regentin befindet; sie soll nicht
wohl sein, ob sie's gleich verbirgt. *(Sekretär ab.)*

(Oranien kommt.)

Egmont. Willkommen, Oranien. Ihr scheint mir nicht
ganz frei.

Oranien. Was sagt Ihr zu unsrer Unterhaltung mit der
Regentin?

Egmont. Ich fand in ihrer Art, uns aufzunehmen, nichts
Außerordentliches. Ich habe sie schon mehr so gesehen.
Sie schien mir nicht ganz wohl.

Oranien. Merktet Ihr nicht, daß sie zurückhaltender
war? Erst wollte sie unser Betragen bei dem neuen Aufruhr des Pöbels gelassen billigen; nachher merkte sie an,
was sich doch auch für ein falsches Licht darauf werfen
lasse; wich dann mit dem Gespräche zu ihrem alten ge-
wöhnlichen Diskurs: daß man ihre liebevolle gute Art,

ihre Freundschaft zu uns Niederländern, nie genug erkannt, zu leicht behandelt habe, daß sich nichts einen erwünschten Ausgang nehmen wolle, daß sie am Ende wohl müde werden, der König sich zu andern Maßregeln entschließen müsse. Habt Ihr das gehört?

E g m o n t. Nicht alles; ich dachte unterdessen an was anders. Sie ist ein Weib, guter Oranien, und die möchten immer gern, daß sich alles unter ihr sanftes Joch gelassen schmiegte, daß jeder Herkules die Löwenhaut ablegte und ihren Kunkelhof vermehrte; daß, weil sie friedlich gesinnt sind, die Gärung, die ein Volk ergreift, der Sturm, den mächtige Nebenbuhler gegeneinander erregen, sich durch *ein* freundlich Wort beilegen ließe und die widrigsten Elemente sich zu ihren Füßen in sanfter Eintracht vereinigten. Das ist ihr Fall; und da sie es dahin nicht bringen kann, so hat sie keinen Weg, als launisch zu werden, sich über Undankbarkeit, Unweisheit zu beklagen, mit schrecklichen Aussichten in die Zukunft zu drohen, und zu drohen – daß sie fortgehn will.

O r a n i e n. Glaubt Ihr dasmal nicht, daß sie ihre Drohung erfüllt?

E g m o n t. Nimmermehr! Wie oft habe ich sie schon reisefertig gesehn! Wo will sie denn hin? Hier Statthalterin, Königin; glaubst du, daß sie es unterhalten wird, am Hofe ihres Bruders unbedeutende Tage abzuhaspeln? oder nach Italien zu gehen und sich in alten Familienverhältnissen herumzuschleppen?

O r a n i e n. Man hält sie dieser Entschließung nicht fähig, weil Ihr sie habt zaudern, weil Ihr sie habt zurücktreten sehn; dennoch liegt's wohl in ihr; neue Umstände treiben sie zu dem lang verzögerten Entschluß. Wenn sie ginge? und der König schickte einen andern?

E g m o n t. Nun, der würde kommen, und würde eben auch zu tun finden. Mit großen Planen, Projekten und Gedanken würde er kommen, wie er alles zurechtrücken, unterwerfen und zusammenhalten wolle; und würde heut mit dieser Kleinigkeit, morgen mit einer andern zu tun haben, übermorgen jene Hindernis finden, einen Monat mit Entwürfen, einen andern mit Verdruß über fehlgeschlagne Unternehmen, ein halb Jahr in Sorgen über eine einzige

Provinz zubringen. Auch ihm wird die Zeit vergehn, der
Kopf schwindeln und die Dinge wie zuvor ihren Gang
halten, daß er, statt weite Meere nach einer vorgezognen
Linie zu durchsegeln, Gott danken mag, wenn er sein
Schiff in diesem Sturme vom Felsen hält.

O r a n i e n. Wenn man nun aber dem König zu einem
Versuch riete?

E g m o n t. Der wäre?

O r a n i e n. Zu sehen, was der Rumpf ohne Haupt an-
finge.

E g m o n t. Wie?

O r a n i e n. Egmont, ich trage viele Jahre her alle unsere
Verhältnisse am Herzen, ich stehe immer wie über einem
Schachspiele und halte keinen Zug des Gegners für un-
bedeutend; und wie müßige Menschen mit der größten
Sorgfalt sich um die Geheimnisse der Natur bekümmern,
so halt ich es für Pflicht, für Beruf eines Fürsten, die Gesinnungen, die Ratschläge aller Parteien zu kennen. Ich
habe Ursach', einen Ausbruch zu befürchten. Der König
hat lange nach gewissen Grundsätzen gehandelt; er sieht,
daß er damit nicht auskommt; was ist wahrscheinlicher,
als daß er es auf einem andern Wege versucht?

E g m o n t. Ich glaub's nicht. Wenn man alt wird und hat
so viel versucht, und es will in der Welt nie zur Ordnung
kommen, muß man es endlich wohl genug haben.

O r a n i e n. Eins hat er noch nicht versucht.

E g m o n t. Nun?

O r a n i e n. Das Volk zu schonen und die Fürsten zu verderben.

E g m o n t. Wie viele haben das schon lange gefürchtet! Es
ist keine Sorge.

O r a n i e n. Sonst war's Sorge; nach und nach ist mir's
Vermutung, zuletzt Gewißheit geworden.

E g m o n t. Und hat der König treuere Diener als uns?

O r a n i e n. Wir dienen ihm auf unsere Art; und unter einander können wir gestehen, daß wir des Königs Rechte
und die unsrigen wohl abzuwägen wissen.

E g m o n t. Wer tut's nicht? Wir sind ihm untertan und
gewärtig in dem, was ihm zukommt.

O r a n i e n. Wenn er sich nun aber *mehr* zuschriebe und

Treulosigkeit nennte, was wir heißen: auf unsre Rechte
halten?

E g m o n t. Wir werden uns verteidigen können. Er rufe
die Ritter des Vlieses zusammen, wir wollen uns richten
lassen.

O r a n i e n. Und was wäre ein Urteil vor der Untersuchung? eine Strafe vor dem Urteil?

E g m o n t. Eine Ungerechtigkeit, der sich Philipp nie
schuldig machen wird; und eine Torheit, die ich ihm und
seinen Räten nicht zutraue.

O r a n i e n. Und wenn sie nun ungerecht und töricht
wären?

E g m o n t. Nein, Oranien, es ist nicht möglich. Wer sollte
wagen, Hand an uns zu legen? – Uns gefangenzunehmen,
wär' ein verlornes und fruchtloses Unternehmen. Nein,
sie wagen nicht, das Panier der Tyrannei so hoch aufzu-
stecken. Der Windhauch, der diese Nachricht übers Land
brächte, würde ein ungeheures Feuer zusammentreiben.
Und wohinaus wollten sie? Richten und verdammen kann
nicht der König allein; und wollten sie meuchelmörderisch
an unser Leben? – Sie können nicht wollen. Ein schreck-
licher Bund würde in einem Augenblick das Volk vereinigen. Haß und ewige Trennung vom spanischen Namen
würde sich gewaltsam erklären.

O r a n i e n. Die Flamme wütete dann über unserm Grabe,
und das Blut unsrer Feinde flösse zum leeren Sühnopfer.
Laß uns denken, Egmont.

E g m o n t. Wie sollten sie aber?

O r a n i e n. Alba ist unterwegs.

E g m o n t. Ich glaub's nicht.

O r a n i e n. Ich weiß es.

E g m o n t. Die Regentin wollte nichts wissen.

O r a n i e n. Um desto mehr bin ich überzeugt. Die Regentin wird ihm Platz machen. Seinen Mordsinn kenn ich,
und ein Heer bringt er mit.

E g m o n t. Aufs neue die Provinzen zu belästigen? Das
Volk wird höchst schwierig werden.

O r a n i e n. Man wird sich der Häupter versichern.

E g m o n t. Nein! Nein!

O r a n i e n. Laß uns gehen, jeder in seine Provinz. Dort

wollen wir uns verstärken; mit offner Gewalt fängt er nicht an.

E g m o n t. Müssen wir ihn nicht begrüßen, wenn er kommt?

O r a n i e n. Wir zögern.

E g m o n t. Und wenn er uns im Namen des Königs bei seiner Ankunft fordert?

O r a n i e n. Suchen wir Ausflüchte.

E g m o n t. Und wenn er dringt?

O r a n i e n. Entschuldigen wir uns.

E g m o n t. Und wenn er drauf besteht?

O r a n i e n. Kommen wir um so weniger.

E g m o n t. Und der Krieg ist erklärt, und wir sind die Rebellen. Oranien, laß dich nicht durch Klugheit verführen; ich weiß, daß Furcht dich nicht weichen macht. Bedenke den Schritt.

O r a n i e n. Ich hab ihn bedacht.

E g m o n t. Bedenke, wenn du dich irrst, woran du schuld bist; an dem verderblichsten Kriege, der je ein Land verwüstet hat. Dein Weigern ist das Signal, das die Provinzen mit einmal zu den Waffen ruft, das jede Grausamkeit rechtfertigt, wozu Spanien von jeher nur gern den Vorwand gehascht hat. Was wir lange mühselig gestillt haben, wirst du mit *einem* Winke zur schrecklichsten Verwirrung aufhetzen. Denk an die Städte, die Edeln, das Volk, an die Handlung, den Feldbau, die Gewerbe! und denke die Verwüstung, den Mord! – Ruhig sieht der Soldat wohl im Felde seinen Kameraden neben sich hinfallen; aber den Fluß herunter werden dir die Leichen der Bürger, der Kinder, der Jungfrauen entgegenschwimmen, daß du mit Entsetzen dastehst und nicht mehr weißt, wessen Sache du verteidigst, da die zugrunde gehen, für deren Freiheit du die Waffen ergriffst. Und wie wird dir's sein, wenn du dir still sagen mußt: »Für meine Sicherheit ergriff ich sie.«

O r a n i e n. Wir sind nicht einzelne Menschen, Egmont. Ziemt es sich, uns für Tausende hinzugeben, so ziemt es sich auch, uns für Tausende zu schonen. SUSPICION

E g m o n t. Wer sich schont, muß sich selbst verdächtig werden.

O r a n i e n. Wer sich kennt, kann sicher vor- und rückwärts gehen.

E g m o n t. Das Übel, das du fürchtest, wird gewiß durch
deine Tat.

O r a n i e n. Es ist klug und kühn, dem unvermeidlichen
Übel entgegenzugehn.

5 E g m o n t. Bei so großer Gefahr kommt die leichteste
Hoffnung in Anschlag.

O r a n i e n. Wir haben nicht für den leisesten Fußtritt
Platz mehr; der Abgrund liegt hart vor uns.

E g m o n t. Ist des Königs Gunst ein so schmaler Grund?

10 O r a n i e n. So schmal nicht, aber schlüpfrig.

E g m o n t. Bei Gott! man tut ihm Unrecht. Ich mag nicht
leiden, daß man unwürdig von ihm denkt! Er ist Karls
Sohn und keiner Niedrigkeit fähig.

O r a n i e n. Die Könige tun nichts Niedriges.

15 E g m o n t. Man sollte ihn kennenlernen.

O r a n i e n. Eben diese Kenntnis rät uns, eine gefährliche
Probe nicht abzuwarten.

E g m o n t. Keine Probe ist gefährlich, zu der man Mut hat.

O r a n i e n. Du wirst aufgebracht, Egmont.

20 E g m o n t. Ich muß mit meinen Augen sehen.

O r a n i e n. O sähst du diesmal nur mit den meinigen!
Freund, weil du sie offen hast, glaubst du, du siehst. Ich
gehe! Warte du Albas Ankunft ab, und Gott sei bei dir!
Vielleicht rettet dich mein Weigern. Vielleicht daß der

25 Drache nichts zu fangen glaubt, wenn er uns nicht beide
auf einmal verschlingt. Vielleicht zögert er, um seinen
Anschlag sicherer auszuführen; und vielleicht siehst du
indes die Sache in ihrer wahren Gestalt. Aber dann
schnell! schnell! Rette! rette dich! – Leb wohl! – Laß dei-

30 ner Aufmerksamkeit nichts entgehen: wieviel Mannschaft
er mitbringt, wie er die Stadt besetzt, was für Macht die
Regentin behält, wie deine Freunde gefaßt sind. Gib mir
Nachricht – – – Egmont –

E g m o n t. Was willst du?

35 O r a n i e n *(ihn bei der Hand fassend).* Laß dich überreden! Geh mit!

E g m o n t. Wie? Tränen, Oranien?

O r a n i e n. Einen Verlornen zu beweinen, ist auch männ-
lich.

40 E g m o n t. Du wähnst mich verloren?

Oranien. Du bist's. Bedenke! Dir bleibt nur eine kurze
Frist. Leb wohl! *(Ab.)*

Egmont *(allein)*. Daß andrer Menschen Gedanken solchen Einfluß auf uns haben! Mir wär' es nie eingekom-
men; und dieser Mann trägt seine Sorglichkeit in mich
herüber. – Weg! – Das ist ein fremder Tropfen in meinem
Blute. Gute Natur, wirf ihn wieder heraus! Und von
meiner Stirne die sinnenden Runzeln wegzubaden, gibt es
ja wohl noch ein freundlich Mittel.

DRITTER AUFZUG

Palast der Regentin

Margarete von Parma.

Margarete. Ich hätte mir's vermuten sollen. Ha! Wenn
man in Mühe und Arbeit vor sich hinlebt, denkt man immer, man tue das Möglichste; und der von weitem zusieht
und befiehlt, glaubt, er verlange nur das Mögliche. – O
die Könige! – Ich hätte nicht geglaubt, daß es mich so
verdrießen könnte. Es ist so schön zu herrschen! – Und
abzudanken? – Ich weiß nicht, wie mein Vater es konnte;
aber ich will es auch.

(Machiavell erscheint im Grunde.)

Regentin. Tretet näher, Machiavell. Ich denke hier über
den Brief meines Bruders.

Machiavell. Ich darf wissen, was er enthält?

Regentin. So viel zärtliche Aufmerksamkeit für mich
als Sorgfalt für seine Staaten. Er rühmt die Standhaftig-
keit, den Fleiß und die Treue, womit ich bisher für die
Rechte seiner Majestät in diesen Landen gewacht habe.
Er bedauert mich, daß mir das unbändige Volk so viel zu
schaffen mache. Er ist von der Tiefe meiner Einsichten so
vollkommen überzeugt, mit der Klugheit meines Betragens
so außerordentlich zufrieden, daß ich fast sagen muß, der
Brief ist für einen König zu schön geschrieben, für einen
Bruder gewiß.

Machiavell. Es ist nicht das erstemal, daß er Euch
seine gerechte Zufriedenheit bezeigt.

Regentin. Aber das erstemal, daß es rednerische Figur
ist.

Machiavell. Ich versteh Euch nicht.

Regentin. Ihr werdet. – Denn er meint, nach diesem
Eingange: ohne Mannschaft, ohne eine kleine Armee
werde ich immer hier eine üble Figur spielen! Wir hätten,
sagt er, unrecht getan, auf die Klagen der Einwohner unsre
Soldaten aus den Provinzen zu ziehen. Eine Besatzung,
meint er, die dem Bürger auf dem Nacken lastet, verbiete
ihm durch ihre Schwere, große Sprünge zu machen.

Machiavell. Es würde die Gemüter äußerst aufbringen.

Regentin. Der König meint aber, hörst du? – Er meint, daß ein tüchtiger General, so einer, der gar keine Räson annimmt, gar bald mit Volk und Adel, Bürgern und Bauern fertig werden könne; – und schickt deswegen mit einem starken Heere – den Herzog von Alba.

Machiavell. Alba?

Regentin. Du wunderst dich?

Machiavell. Ihr sagt: er schickt. Er fragt wohl, ob er schicken soll?

Regentin. Der König fragt nicht; er schickt.

Machiavell. So werdet Ihr einen erfahrnen Krieger in Euren Diensten haben.

Regentin. In meinen Diensten? Rede grad heraus, Machiavell.

Machiavell. Ich möcht' Euch nicht vorgreifen.

Regentin. Und ich möchte mich verstellen! Es ist mir empfindlich, sehr empfindlich. Ich wollte lieber, mein Bruder sagte, wie er's denkt, als daß er förmliche Episteln unterschreibt, die ein Staatssekretär aufsetzt.

Machiavell. Sollte man nicht einsehen? –

Regentin. Und ich kenne sie inwendig und auswendig. Sie möchten's gern gesäubert und gekehrt haben; und weil sie selbst nicht zugreifen, so findet ein jeder Vertrauen, der mit dem Besen in der Hand kommt. O mir ist's, als wenn ich den König und sein Konseil auf dieser Tapete gewirkt sähe.

Machiavell. So lebhaft?

Regentin. Es fehlt kein Zug. Es sind gute Menschen drunter. Der ehrliche Rodrich, der so erfahren und mäßig ist, nicht zu hoch will, und doch nichts fallen läßt, der gerade Alonzo, der fleißige Freneda, der feste Las Vargas, und noch einige, die mitgehen, wenn die gute Partei mächtig wird. Da sitzt aber der hohläugige Toledaner mit der ehrnen Stirne und dem tiefen Feuerblick, murmelt zwischen den Zähnen von Weibergüte, unzeitigem Nachgeben und daß Frauen wohl von zugerittenen Pferden sich tragen lassen, selbst aber schlechte Stallmeister sind, und solche Späße, die ich ehemals von den politischen Herren habe mit durchhören müssen.

Machiavell. Ihr habt zu dem Gemälde einen guten
Farbentopf gewählt.

Regentin. Gesteht nur, Machiavell: In meiner ganzen
Schattierung, aus der ich allenfalls malen könnte, ist kein
5 Ton so gelbbraun-gallenschwarz wie Albas Gesichtsfarbe
und als die Farbe, aus der *er* malt. Jeder ist bei ihm gleich
ein Gotteslästerer, ein Majestätsschänder: denn aus diesem
Kapitel kann man sie alle sogleich rädern, pfählen, vier-
teilen und verbrennen. – Das Gute, was ich hier getan
10 habe, sieht gewiß in der Ferne wie nichts aus, eben weil's
gut ist. – Da hängt er sich an jeden Mutwillen, der vorbei
ist, erinnert an jede Unruhe, die gestillt ist; und es wird
dem Könige vor den Augen so voll Meuterei, Aufruhr
und Tollkühnheit, daß er sich vorstellt, sie fräßen sich
15 hier einander auf, wenn eine flüchtig vorübergehende Un-
gezogenheit eines rohen Volks bei uns lange vergessen ist.
Da faßt er einen recht herzlichen Haß auf die armen
Leute; sie kommen ihm abscheulich, ja wie Tiere und Un-
geheuer vor; er sieht sich nach Feuer und Schwert um und
20 wähnt, so bändige man Menschen.

Machiavell. Ihr scheint mir zu heftig, Ihr nehmt die
Sache zu hoch. Bleibt Ihr nicht Regentin?

Regentin. Das kenn ich. Er wird eine Instruktion bringen. – Ich bin in Staatsgeschäften alt genug geworden, um
25 zu wissen, wie man einen verdrängt, ohne ihm seine Be-
stallung zu nehmen. – Erst wird er eine Instruktion bringen, die wird unbestimmt und schief sein; er wird um sich
greifen, denn er hat die Gewalt; und wenn ich mich be-
klage, wird er eine geheime Instruktion vorschützen;
30 wenn ich sie sehen will, wird er mich herumziehen; wenn
ich drauf bestehe, wird er mir ein Papier zeigen, das ganz
was anders enthält; und wenn ich mich da nicht beruhige,
gar nicht mehr tun, als wenn ich redete. – Indes wird er,
was ich fürchte, getan, und was ich wünsche, weit abwärts
35 gelenkt haben.

Machiavell. Ich wollt', ich könnt' Euch widersprechen.

Regentin. Was ich mit unsäglicher Geduld beruhigte,
wird er durch Härte und Grausamkeiten wieder aufhetzen; ich werde vor meinen Augen mein Werk verloren
40 sehen und überdies noch seine Schuld zu tragen haben.

M a c h i a v e l l. Erwarten's Eure Hoheit.

R e g e n t i n. So viel Gewalt hab ich über mich, um stille zu sein. Laß ihn kommen; ich werde ihm mit der besten Art Platz machen, eh' er mich verdrängt.

M a c h i a v e l l. So rasch diesen wichtigen Schritt?

R e g e n t i n. Schwerer, als du denkst. Wer zu herrschen gewohnt ist, wer's hergebracht hat, daß jeden Tag das Schicksal von Tausenden in seiner Hand liegt, steigt vom Throne wie ins Grab. Aber besser so, als einem Gespenste gleich unter den Lebenden bleiben und mit hohlem Ansehn einen Platz behaupten wollen, den ihm ein anderer abgeerbt hat und nun besitzt und genießt.

Klärchens Wohnung

Klärchen. Mutter.

M u t t e r. So eine Liebe wie Brackenburgs hab ich nie gesehen; ich glaubte, sie sei nur in Heldengeschichten.

K l ä r c h e n (*geht in der Stube auf und ab, ein Lied zwischen den Lippen summend*).

> Glücklich allein
> Ist die Seele, die liebt.

M u t t e r. Er vermutet deinen Umgang mit Egmont; und ich glaube, wenn du ihm ein wenig freundlich tätest, wenn du wolltest, er heiratete dich noch.

K l ä r c h e n (*singt*). Freudvoll

> Und leidvoll,
> Gedankenvoll sein,
> Langen
> Und bangen
> In schwebender Pein,
> Himmelhoch jauchzend,
> Zum Tode betrübt –
> Glücklich allein
> Ist die Seele, die liebt.

M u t t e r. Laß das Heiopopeia.

K l ä r c h e n. Scheltet mir's nicht; es ist ein kräftig Lied. Hab ich doch schon manchmal ein großes Kind damit schlafen gewiegt.

VORAHNUNG

Mutter. Du hast doch nichts im Kopfe als deine Liebe. Vergäßest du nur nicht alles über das *eine*. Den Bracken-burg solltest du in Ehren halten, sag ich dir. Er kann dich noch einmal glücklich machen.

5 Klärchen. Er?

Mutter. O ja! es kommt eine Zeit! – Ihr Kinder seht nichts voraus und überhorcht unsre Erfahrungen. Die Ju-gend und die schöne Liebe, alles hat sein Ende; und es kommt eine Zeit, wo man Gott dankt, wenn man irgend-
10 wo <u>unterkriechen</u> kann. SAFE. SOUND SECURE

Klärchen (*schaudert, schweigt und fährt auf*). Mutter, laßt die Zeit kommen wie den Tod. Dran vorzudenken ist schreckhaft! – Und wenn er kommt! Wenn wir müssen – dann – wollen wir uns gebärden, wie wir können – Eg-
15 mont, ich dich entbehren! – (*In Tränen.*) Nein, es ist nicht möglich, nicht möglich.

Egmont (*in einem Reitermantel, den Hut ins Gesicht gedrückt*). Klärchen!

Klärchen (*tut einen Schrei, fährt zurück*). Egmont! (*Sie
20 eilt auf ihn zu.*) Egmont! (*Sie umarmt ihn und ruht an ihm.*) O du Guter, Lieber, Süßer! Kommst du? bist du da!

Egmont. Guten Abend, Mutter.

Mutter. Gott grüß' Euch, edler Herr! Meine Kleine ist fast vergangen, daß Ihr so lang ausbleibt; sie hat wieder
25 den ganzen Tag von Euch geredet und gesungen.

Egmont. Ihr gebt mir doch ein Nachtessen?

Mutter. Zu viel Gnade. Wenn wir nur etwas hätten.

Klärchen. Freilich! Seid nur ruhig, Mutter; ich habe schon alles darauf eingerichtet, ich habe etwas zubereitet.
30 Verratet mich nicht, Mutter.

Mutter. Schmal genug.

Klärchen. Wartet nur! Und dann denk ich: wenn er bei mir ist, hab ich gar keinen Hunger; da sollte er auch kei-nen großen Appetit haben, wenn ich bei ihm bin.

35 Egmont. Meinst du?

Klärchen (*stampft mit dem Fuße und kehrt sich un-willig um*).

Egmont. Wie ist dir?

Klärchen. Wie seid Ihr heute so kalt! Ihr habt mir noch
40 keinen Kuß angeboten. Warum habt Ihr die Arme in den

Mantel gewickelt wie ein Wochenkind? Ziemt keinem
Soldaten noch Liebhaber, die Arme eingewickelt zu haben.

E g m o n t. Zuzeiten, Liebchen, zuzeiten. Wenn der Soldat
auf der Lauer steht und dem Feinde etwas ablisten
möchte, da nimmt er sich zusammen, faßt sich selbst in   5
seine Arme und kaut seinen Anschlag reif. Und ein Liebhaber –

M u t t e r. Wollt Ihr Euch nicht setzen? es Euch nicht be-
quem machen? Ich muß in die Küche; Klärchen denkt an
nichts, wenn Ihr da seid. Ihr müßt fürliebnehmen.   10

E g m o n t. Euer guter Wille ist die beste Würze. *(Mutter
ab.)*

K l ä r c h e n. Und was wäre denn meine Liebe?

E g m o n t. So viel du willst.

K l ä r c h e n. Vergleicht sie, wenn Ihr das Herz habt.   15

E g m o n t. Zuvörderst also. *(Er wirft den Mantel ab und
steht in einem prächtigen Kleide da.)*

K l ä r c h e n. O je!

E g m o n t. Nun hab ich die Arme frei. *(Er herzt sie.)*

K l ä r c h e n. Laßt! Ihr verderbt Euch. *(Sie tritt zurück.)*   20
Wie prächtig! Da darf ich Euch nicht anrühren.

E g m o n t. Bist du zufrieden? Ich versprach dir, einmal
spanisch zu kommen.

K l ä r c h e n. Ich bat Euch zeither nicht mehr drum; ich
dachte, Ihr wolltet nicht – Ach und das Goldne Vlies!   25

E g m o n t. Da siehst du's nun.

K l ä r c h e n. Das hat dir der Kaiser umgehängt?

E g m o n t. Ja, Kind! und Kette und Zeichen geben dem,
der sie trägt, die edelsten Freiheiten. Ich erkenne auf
Erden keinen Richter über meine Handlungen als den   30
Großmeister des Ordens, mit dem versammelten Kapitel
der Ritter.

K l ä r c h e n. O du dürftest die ganze Welt über dich richten lassen. – Der Sammet ist gar zu herrlich, und die
Passementarbeit! und das Gestickte! – Man weiß nicht,   35
wo man anfangen soll.

E g m o n t. Sieh dich nur satt.

K l ä r c h e n. Und das Goldne Vlies! Ihr erzähltet mir die
Geschichte und sagtet, es sei ein Zeichen alles Großen und
Kostbaren, was man mit Müh und Fleiß verdient und   40

erwirbt. Es ist sehr kostbar – ich kann's deiner Liebe ver-
gleichen. – Ich trage sie ebenso am Herzen – und hernach –

E g m o n t. Was willst du sagen?

K l ä r c h e n. Hernach vergleicht sich's auch wieder nicht.

5 E g m o n t. Wieso?

K l ä r c h e n. Ich habe sie nicht mit Müh und Fleiß erwor-
ben, nicht verdient.

E g m o n t. In der Liebe ist es anders. Du verdienst sie, weil
du dich nicht darum bewirbst – und die Leute erhalten sie
10 auch meist allein, die nicht darnach jagen.

K l ä r c h e n. Hast du das von dir abgenommen? Hast du
diese stolze Anmerkung über dich selbst gemacht? du, den
alles Volk liebt?

E g m o n t. Hätt' ich nur etwas für sie getan! könnt' ich
15 etwas für sie tun! Es ist ihr guter Wille, mich zu lieben.

K l ä r c h e n. Du warst gewiß heute bei der Regentin?

E g m o n t. Ich war bei ihr.

K l ä r c h e n. Bist du gut mit ihr?

E g m o n t. Es sieht einmal so aus. Wir sind einander
20 freundlich und dienstlich.

K l ä r c h e n. Und im Herzen?

E g m o n t. Will ich ihr wohl. Jedes hat seine eignen Absichten. Das tut nichts zur Sache. Sie ist eine treffliche
Frau, kennt ihre Leute, und sähe tief genug, wenn sie auch
25 nicht argwöhnisch wäre. Ich mache ihr viel zu schaffen,
weil sie hinter meinem Betragen immer Geheimnisse sucht,
und ich keine habe.

K l ä r c h e n. So gar keine?

E g m o n t. Eh nun! einen kleinen Hinterhalt. Jeder Wein
30 setzt Weinstein in den Fässern an mit der Zeit. Oranien
ist doch noch eine bessere Unterhaltung für sie und eine
immer neue Aufgabe. Er hat sich in den Kredit gesetzt,
daß er immer etwas Geheimes vorhabe: und nun sieht sie
immer nach seiner Stirne, was er wohl denken, auf seine
35 Schritte, wohin er sie wohl richten möchte.

K l ä r c h e n. Verstellt sie sich?

E g m o n t. Regentin, und du fragst?

K l ä r c h e n. Verzeiht, ich wollte fragen: ist sie falsch?

E g m o n t. Nicht mehr und nicht weniger als jeder, der
40 seine Absichten erreichen will.

K l ä r c h e n. Ich könnte mich in die Welt nicht finden. Sie
hat aber auch einen männlichen Geist, sie ist ein ander
Weib als wir Nätherinnen und Köchinnen. Sie ist groß,
herzhaft, entschlossen.

E g m o n t. Ja, wenn's nicht gar zu bunt geht. Diesmal ist
sie doch ein wenig aus der Fassung.

K l ä r c h e n. Wieso?

E g m o n t. Sie hat auch ein Bärtchen auf der Oberlippe,
und manchmal einen Anfall von Podagra. Eine rechte
Amazone!

K l ä r c h e n. Eine majestätische Frau! Ich scheute mich,
vor sie zu treten.

E g m o n t. Du bist doch sonst nicht zaghaft – Es wäre auch
nicht Furcht, nur jungfräuliche Scham.

K l ä r c h e n *(schlägt die Augen nieder, nimmt seine Hand
und lehnt sich an ihn).*

E g m o n t. Ich verstehe dich! liebes Mädchen! du darfst die
Augen aufschlagen. *(Er küßt ihre Augen.)*

K l ä r c h e n. Laß mich schweigen! Laß mich dich halten.
Laß mich dir in die Augen sehen; alles drin finden, Trost
und Hoffnung und Freude und Kummer. *(Sie umarmt
ihn und sieht ihn an.)* Sag mir! Sage! ich begreife nicht!
bist du Egmont? der Graf Egmont? der große Egmont,
der so viel Aufsehn macht, von dem in den Zeitungen
steht, an dem die Provinzen hängen?

E g m o n t. Nein, Klärchen, das bin ich nicht.

K l ä r c h e n. Wie?

E g m o n t. Siehst du, Klärchen! – Laß mich sitzen! – *(Er
setzt sich, sie kniet vor ihn auf einen Schemel, legt ihre
Arme auf seinen Schoß und sieht ihn an.)* Jener Egmont
ist ein verdrießlicher, steifer, kalter Egmont, der an sich
halten, bald dieses bald jenes Gesicht machen muß; geplagt, verkannt, verwickelt ist, wenn ihn die Leute für
froh und fröhlich halten; geliebt von einem Volke, das
nicht weiß, was es will; geehrt und in die Höhe getragen
von einer Menge, mit der nichts anzufangen ist; umgeben
von Freunden, denen er sich nicht überlassen darf; beob-
achtet von Menschen, die ihn auf alle Weise beikommen
möchten; arbeitend und sich bemühend, oft ohne Zweck,
meist ohne Lohn – O laß mich schweigen, wie es dem er-

geht, wie es dem zumute ist. Aber dieser, Klärchen, der ist ruhig, offen, glücklich, geliebt und gekannt von dem besten Herzen, das auch er ganz kennt und mit voller Liebe und Zutrauen an das seine drückt. *(Er umarmt sie.)*
5 Das ist *dein* Egmont!

K l ä r c h e n. So laß mich sterben! Die Welt hat keine Freuden auf diese!

VIERTER AUFZUG

Straße

Jetter. Zimmermeister.

J e t t e r. He! Pst! He, Nachbar, ein Wort!

Z i m m e r m e i s t e r. Geh deines Pfads und sei ruhig.

J e t t e r. Nur ein Wort. Nichts Neues?

Z i m m e r m e i s t e r. Nichts, als daß uns von Neuem zu reden verboten ist.

J e t t e r. Wie?

Z i m m e r m e i s t e r. Tretet hier ans Haus an. Hütet Euch! Der Herzog von Alba hat gleich bei seiner Ankunft einen Befehl ausgehen lassen, dadurch zwei oder drei, die auf der Straße zusammen sprechen, des Hochverrats ohne Untersuchung schuldig erklärt sind.

J e t t e r. O weh!

Z i m m e r m e i s t e r. Bei ewiger Gefangenschaft ist verboten, von Staatssachen zu reden.

J e t t e r. O unsre Freiheit!

Z i m m e r m e i s t e r. Und bei Todesstrafe soll niemand die Handlungen der Regierung mißbilligen.

J e t t e r. O unsre Köpfe!

Z i m m e r m e i s t e r. Und mit großem Versprechen werden Väter, Mütter, Kinder, Verwandte, Freunde, Dienstboten eingeladen, was in dem Innersten des Hauses vorgeht, bei dem besonders niedergesetzten Gerichte zu offenbaren.

J e t t e r. Gehn wir nach Hause.

Z i m m e r m e i s t e r. Und den Folgsamen ist versprochen, daß sie weder an Leibe, noch Ehre, noch Vermögen einige Kränkung erdulden sollen.

J e t t e r. Wie gnädig! War mir's doch gleich weh, wie der Herzog in die Stadt kam. Seit der Zeit ist mir's, als wäre der Himmel mit einem schwarzen Flor überzogen und hinge so tief herunter, daß man sich bücken müsse, um nicht dran zu stoßen.

Z i m m e r m e i s t e r. Und wie haben dir seine Soldaten gefallen? Gelt! das ist eine andre Art von Krebsen, als wir sie sonst gewohnt waren.

J e t t e r. Pfui! Es schnürt einem das Herz ein, wenn man so einen Haufen die Gassen hinab marschieren sieht. Kerzengerad mit unverwandtem Blick, *ein* Tritt, soviel ihrer sind. Und wenn sie auf der Schildwache stehen und du gehst an einem vorbei, ist's, als wenn er dich durch und durch sehen wollte, und sieht so steif und mürrisch aus, daß du auf allen Ecken einen Zuchtmeister zu sehen glaubst. Sie tun mir gar nicht wohl. Unsre Miliz war doch noch ein lustig Volk; sie nahmen sich was heraus, standen mit ausgegrätschten Beinen da, hatten den Hut überm Ohr, lebten und ließen leben; diese Kerle aber sind wie Maschinen, in denen ein Teufel sitzt.

Z i m m e r m e i s t e r. Wenn so einer ruft: »Halt!« und anschlägt, meinst du, man hielte?

J e t t e r. Ich wäre gleich des Todes.

Z i m m e r m e i s t e r. Gehn wir nach Hause.

J e t t e r. Es wird nicht gut. Adieu.

(Soest tritt dazu.)

S o e s t. Freunde! Genossen!

Z i m m e r m e i s t e r. Still! Laßt uns gehen.

S o e s t. Wißt ihr?

J e t t e r. Nur zu viel!

S o e s t. Die Regentin ist weg.

J e t t e r. Nun gnad' uns Gott!

Z i m m e r m e i s t e r. Die hielt uns noch.

S o e s t. Auf einmal und in der Stille. Sie konnte sich mit dem Herzog nicht vertragen; sie ließ dem Adel melden, sie komme wieder. Niemand glaubt's.

Z i m m e r m e i s t e r. Gott verzeih's dem Adel, daß er uns diese neue Geißel über den Hals gelassen hat. Sie hätten es abwenden können. Unsre Privilegien sind hin.

J e t t e r. Um Gottes willen nichts von Privilegien! Ich wittre den Geruch von einem Exekutionsmorgen; die Sonne will nicht hervor, die Nebel stinken.

S o e s t. Oranien ist auch weg.

Z i m m e r m e i s t e r. So sind wir denn ganz verlassen!

S o e s t. Graf Egmont ist noch da.

J e t t e r. Gott sei Dank! Stärken ihn alle Heiligen, daß er sein Bestes tut; der ist allein was vermögend.

(Vansen tritt auf.)

V a n s e n. Find ich endlich ein paar, die noch nicht unter-
gekrochen sind?

J e t t e r. Tut uns den Gefallen und geht fürbaß.

V a n s e n. Ihr seid nicht höflich.

Z i m m e r m e i s t e r. Es ist gar keine Zeit zu Komplimen-
ten. Juckt Euch der Buckel wieder? Seid Ihr schon durch-
geheilt?

V a n s e n. Fragt einen Soldaten nach seinen Wunden!
Wenn ich auf Schläge was gegeben hätte, wäre sein Tage
nichts aus mir geworden.

J e t t e r. Es kann ernstlicher werden.

V a n s e n. Ihr spürt von dem Gewitter, das aufsteigt, eine
erbärmliche Mattigkeit in den Gliedern, scheint's.

Z i m m e r m e i s t e r. Deine Glieder werden sich bald wo-
anders eine Motion machen, wenn du nicht ruhst.

V a n s e n. Armselige Mäuse, die gleich verzweifeln, wenn
der Hausherr eine neue Katze anschafft! Nur ein bißchen
anders; aber wir treiben unser Wesen vor wie nach, seid
nur ruhig.

Z i m m e r m e i s t e r. Du bist ein verwegener Taugenichts.

V a n s e n. Gevatter Tropf! Laß du den Herzog nur ge-
währen. Der alte Kater sieht aus, als wenn er Teufel statt
Mäuse gefressen hätte und könnte sie nun nicht verdauen.
Laßt ihn nur erst; er muß auch essen, trinken, schlafen
wie andere Menschen. Es ist mir nicht bange, wenn wir
unsere Zeit recht nehmen. Im Anfange geht's rasch; nachher wird er auch finden, daß in der Speisekammer unter
den Speckseiten besser leben ist und des Nachts zu ruhen,
als auf dem Fruchtboden einzelne Mäuschen zu erlisten.
Geht nur, ich kenne die Statthalter.

Z i m m e r m e i s t e r. Was so einem Menschen alles durch-
geht! Wenn ich in meinem Leben so etwas gesagt hätte,
hielt' ich mich keine Minute für sicher.

V a n s e n. Seid nur ruhig! Gott im Himmel erfährt nichts
von euch Würmern, geschweige der Regent.

J e t t e r. Lästermaul!

V a n s e n. Ich weiß andere, denen es besser wäre, sie hätten
statt ihres Heldenmuts eine Schneiderader im Leibe.

Z i m m e r m e i s t e r. Was wollt Ihr damit sagen?

V a n s e n. Hm! den Grafen mein ich.

J e t t e r. Egmont! Was soll der fürchten?

V a n s e n. Ich bin ein armer Teufel und könnte ein ganzes
Jahr leben von dem, was er in *einem* Abende verliert.
Und doch könnt' er mir sein Einkommen eines ganzen
Jahres geben, wenn er meinen Kopf auf eine Viertel-
stunde hätte.

J e t t e r. Du denkst dich was Rechts. Egmonts Haare sind
gescheiter als dein Hirn.

V a n s e n. Redt Ihr! Aber nicht feiner. Die Herren betrie-
gen sich am ersten. Er sollte nicht trauen.

J e t t e r. Was er schwätzt! So ein Herr!

V a n s e n. Eben weil er kein Schneider ist.

J e t t e r. Ungewaschen Maul!

V a n s e n. Dem wollt' ich Eure Courage nur eine Stunde in
die Glieder wünschen, daß sie ihm da Unruh machte und
ihn so lange neckte und juckte, bis er aus der Stadt müßte.

J e t t e r. Ihr redet recht unverständig; er ist so sicher wie
der Stern am Himmel.

V a n s e n. Hast du nie einen sich schneuzen gesehn? Weg
war er!

Z i m m e r m e i s t e r. Wer will ihm denn was tun?

V a n s e n. Wer will? Willst du's etwa hindern? Willst du
einen Aufruhr erregen, wenn sie ihn gefangennehmen?

J e t t e r. Ah!

V a n s e n. Wollt ihr eure Rippen für ihn wagen?

S o e s t. Eh!

V a n s e n *(sie nachäffend)*. Ih! Oh! Uh! Verwundert euch
durchs ganze Alphabet. So ist's und bleibt's! Gott be-
wahre ihn!

J e t t e r. Ich erschrecke über Eure Unverschämtheit. So ein
edler, rechtschaffener Mann sollte was zu befürchten
haben?

V a n s e n. Der Schelm sitzt überall im Vorteil. Auf dem
Armensünderstühlchen hat er den Richter zum Narren;
auf dem Richterstuhl macht er den Inquisiten mit Lust
zum Verbrecher. Ich habe so ein Protokoll abzuschreiben
gehabt, wo der Kommissarius schwer Lob und Geld vom
Hofe erhielt, weil er einen ehrlichen Teufel, an den man
wollte, zum Schelmen verhört hatte.

Z i m m e r m e i s t e r. Das ist wieder frisch gelogen. Was wollen sie denn heraus verhören, wenn einer unschuldig ist?

Vansen. O Spatzenkopf! Wo nichts herauszuverhören ist, da verhört man hinein. Ehrlichkeit macht unbesonnen, auch wohl trotzig. Da fragt man erst recht sachte weg, und der Gefangne ist stolz auf seine Unschuld, wie sie's heißen, und sagt alles geradezu, was ein Verständiger verbärge. Dann macht der Inquisitor aus den Antworten wieder Fragen und paßt ja auf, wo irgendein Widersprüchelchen erscheinen will; da knüpft er seinen Strick an, und läßt sich der dumme Teufel betreten, daß er hier etwas zu viel, dort etwas zu wenig gesagt oder wohl gar aus Gott weiß was für einer Grille einen Umstand verschwiegen hat, auch wohl irgend an einem Ende sich hat schrecken lassen: dann sind wir auf dem rechten Weg! Und ich versichre euch, mit mehr Sorgfalt suchen die Bettelweiber nicht die Lumpen aus dem Kehricht, als so ein Schelmenfabrikant aus kleinen, schiefen, verschobenen, verrückten, verdrückten, geschlossenen, bekannten, geleugneten Anzeigen und Umständen sich endlich einen strohlumpenen Vogelscheu zusammenkünstelt, um wenigstens seinen Inquisiten in effigie hängen zu können. Und Gott mag der arme Teufel danken, wenn er sich noch kann hängen sehen.

Jetter. Der hat eine geläufige Zunge.

Zimmermeister. Mit Fliegen mag das angehen. Die Wespen lachen Eures Gespinstes.

Vansen. Nachdem die Spinnen sind. Seht, der lange Herzog hat euch so ein rein Ansehn von einer Kreuzspinne, nicht einer dickbäuchigen, die sind weniger schlimm, aber so einer langfüßigen, schmalleibigen, die vom Fraße nicht feist wird und recht dünne Fäden zieht, aber desto zähere.

Jetter. Egmont ist Ritter des Goldnen Vlieses; wer darf Hand an ihn legen? Nur von seinesgleichen kann er gerichtet werden, nur vom gesamten Orden. Dein loses Maul, dein böses Gewissen verführen dich zu solchem Geschwätz.

Vansen. Will ich ihm darum übel? Mir kann's recht sein. Es ist ein trefflicher Herr. Ein paar meiner guten Freunde, die anderwärts schon wären gehangen worden, hat er mit einem Buckel voll Schläge verabschiedet. Nun geht! Geht!

Ich rat es euch selbst. Dort seh ich wieder eine Runde an-
treten; die sehen nicht aus, als wenn sie so bald Brüder-
schaft mit uns trinken würden. Wir wollen's abwarten
und nur sachte zusehen. Ich hab ein paar Nichten und
5 einen Gevatter Schenkwirt; wenn sie von denen gekostet
haben und werden dann nicht zahm, so sind sie ausge-
pichte Wölfe.

Der Culenburgische Palast
Wohnung des Herzogs von Alba

10   *Silva und Gomez begegnen einander.*

S i l v a. Hast du die Befehle des Herzogs ausgerichtet?
G o m e z. Pünktlich. Alle tägliche Runden sind beordert,
zur bestimmten Zeit an verschiedenen Plätzen einzutref-
fen, die ich ihnen bezeichnet habe; sie gehen indes, wie
15 gewöhnlich, durch die Stadt, um Ordnung zu erhalten.
Keiner weiß von dem andern; jeder glaubt, der Befehl
gehe ihn allein an, und in einem Augenblick kann alsdann
der Kordon gezogen und alle Zugänge zum Palast können
besetzt sein. Weißt du die Ursache dieses Befehls?
20 S i l v a. Ich bin gewohnt, blindlings zu gehorchen. Und
wem gehorcht sich's leichter als dem Herzoge, da bald der
Ausgang beweist, daß er recht befohlen hat?
G o m e z. Gut! Gut! Auch scheint es mir kein Wunder, daß
du so verschlossen und einsilbig wirst wie er, da du immer
25 um ihn sein mußt. Mir kommt es fremd vor, da ich den
leichteren italienischen Dienst gewohnt bin. An Treue und
Gehorsam bin ich der alte; aber ich habe mir das Schwätzen und Räsonieren angewöhnt. Ihr schweigt alle und
laßt es euch nie wohl sein. Der Herzog gleicht mir einem
30 ehrnen Turm ohne Pforte, wozu die Besatzung Flügel
hätte. Neulich hört' ich ihn bei Tafel von einem frohen
freundlichen Menschen sagen: er sei wie eine schlechte
Schenke mit einem ausgesteckten Branntweinzeichen, um
Müßiggänger, Bettler und Diebe hereinzulocken.
35 S i l v a. Und hat er uns nicht schweigend hierhergeführt?
G o m e z. Dagegen ist nichts zu sagen. Gewiß! Wer Zeuge
seiner Klugheit war, wie er die Armee aus Italien hierher-

brachte, der hat etwas gesehen. Wie er sich durch Freund
und Feind, durch die Franzosen, Königlichen und Ketzer,
durch die Schweizer und Verbundnen gleichsam durch-
schmiegte, die strengste Mannszucht hielt und einen Zug,
den man so gefährlich achtete, leicht und ohne Anstoß zu   5
leiten wußte! – Wir haben was gesehen, was lernen können.

S i l v a. Auch hier! Ist nicht alles still und ruhig, als wenn
kein Aufstand gewesen wäre?

G o m e z. Nun, es war auch schon meist still, als wir her-
kamen.   10

S i l v a. In den Provinzen ist es viel ruhiger geworden;
und wenn sich noch einer bewegt, so ist es, um zu entfliehen. Aber auch diesen wird er die Wege bald versper-
ren, denk ich.

G o m e z. Nun wird er erst die Gunst des Königs gewinnen.   15

S i l v a. Und uns bleibt nichts angelegener, als uns die sei-
nige zu erhalten. Wenn der König hieherkommt, bleibt
gewiß der Herzog und jeder, den er empfiehlt, nicht un-
belohnt.

G o m e z. Glaubst du, daß der König kommt?   20

S i l v a. Es werden so viele Anstalten gemacht, daß es
höchst wahrscheinlich ist.

G o m e z. Mich überreden sie nicht.

S i l v a. So rede wenigstens nicht davon. Denn wenn des
Königs Absicht ja nicht sein sollte zu kommen, so ist sie's   25
doch wenigstens gewiß, daß man es glauben soll.

(Ferdinand, Albas natürlicher Sohn.)

F e r d i n a n d. Ist mein Vater noch nicht heraus?

S i l v a. Wir warten auf ihn.

F e r d i n a n d. Die Fürsten werden bald hier sein.   30

G o m e z. Kommen sie heute?

F e r d i n a n d. Oranien und Egmont.

G o m e z *(leise zu Silva).* Ich begreife etwas.

S i l v a. So behalt es für dich.

(Herzog von Alba. – Wie er herein- und hervortritt, treten   35
die andern zurück.)

A l b a. Gomez.

G o m e z *(tritt vor).* Herr!

A l b a. Du hast die Wachen verteilt und beordert?

G o m e z. Aufs genaueste. Die täglichen Runden –   40

A l b a. Genug. Du wartest in der Galerie. Silva wird dir
den Augenblick sagen, wenn du sie zusammenziehen, die
Zugänge nach dem Palast besetzen sollst. Das übrige weißt
du.

5 G o m e z. Ja, Herr! *(Ab.)*

A l b a. Silva!

S i l v a. Hier bin ich.

A l b a. Alles, was ich von jeher an dir geschätzt habe, Mut,
Entschlossenheit, unaufhaltsames Ausführen, das zeige
10 heut.

S i l v a. Ich danke Euch, daß Ihr mir Gelegenheit gebt zu
zeigen, daß ich der alte bin.

A l b a. Sobald die Fürsten bei mir eingetreten sind, dann
eile gleich, Egmonts Geheimschreiber gefangenzunehmen.
15 Du hast alle Anstalten gemacht, die übrigen, welche bezeichnet sind, zu fahen?

S i l v a. Vertraue auf uns. Ihr Schicksal wird sie, wie eine
wohlberechnete Sonnenfinsternis, pünktlich und schreck-
lich treffen.

20 A l b a. Hast du sie genau beobachten lassen?

S i l v a. Alle; den Egmont vor andern. Er ist der einzige,
der, seit du hier bist, sein Betragen nicht geändert hat.
Den ganzen Tag von einem Pferd aufs andere, ladet
Gäste, ist immer lustig und unterhaltend bei Tafel, wür-
25 felt, schießt und schleicht nachts zum Liebchen. Die andern
haben dagegen eine merkliche Pause in ihrer Lebensart
gemacht; sie bleiben bei sich; vor ihrer Türe sieht's aus, als
wenn ein Kranker im Hause wäre.

A l b a. Drum rasch! eh sie uns wider Willen genesen.

30 S i l v a. Ich stelle sie. Auf deinen Befehl überhäufen wir
sie mit dienstfertigen Ehren. Ihnen graut's; politisch geben
sie uns einen ängstlichen Dank, fühlen, das Rätlichste sei,
zu entfliehen, keiner wagt einen Schritt, sie zaudern, können sich nicht vereinigen; und einzeln etwas Kühnes zu
35 tun, hält sie der Gemeingeist ab. Sie möchten gern sich
jedem Verdacht entziehen und machen sich immer ver-
dächtiger. Schon seh ich mit Freuden deinen ganzen Anschlag ausgeführt.

A l b a. Ich freue mich nur über das Geschehene; und auch
40 über das nicht leicht; denn es bleibt stets noch übrig, was

uns zu denken und zu sorgen gibt. Das Glück ist eigen-
sinnig, oft das Gemeine, das Nichtswürdige zu adeln und
wohlüberlegte Taten mit einem gemeinen Ausgang zu ent-
ehren. Verweile, bis die Fürsten kommen; dann gib Gomez
die Ordre, die Straßen zu besetzen, und eile selbst, Eg-   5
monts Schreiber und die übrigen gefangenzunehmen, die
dir bezeichnet sind. Ist es getan, so komm hierher und
meld es meinem Sohne, daß er mir in den Rat die Nachricht bringe.

S i l v a. Ich hoffe, diesen Abend vor dir stehn zu dürfen.   10
(Alba geht nach seinem Sohne, der bisher in der Galerie
gestanden.)

S i l v a. Ich traue mir es nicht zu sagen; aber meine Hoffnung schwankt. Ich fürchte, es wird nicht werden, wie er
denkt. Ich sehe Geister vor mir, die still und sinnend auf   15
schwarzen Schalen das Geschick der Fürsten und vieler
Tausende wägen. Langsam wankt das Zünglein auf und
ab; tief scheinen die Richter zu sinnen; zuletzt sinkt diese
Schale, steigt jene, angehaucht vom Eigensinn des Schicksals, und entschieden ist's. *(Ab.)*   20
       (Alba mit Ferdinand hervortretend.)

A l b a. Wie fandst du die Stadt?

F e r d i n a n d. Es hat sich alles gegeben. Ich ritt, als wie
zum Zeitvertreib, straßauf, straßab. Eure wohlverteilten
Wachen halten die Furcht so angespannt, daß sie sich   25
nicht zu lispeln untersteht. Die Stadt sieht einem Felde
ähnlich, wenn das Gewitter von weitem leuchtet; man
erblickt keinen Vogel, kein Tier, als das eilend nach einem
Schutzorte schlüpft.

A l b a. Ist dir nichts weiter begegnet?   30

F e r d i n a n d. Egmont kam mit einigen auf den Markt
geritten; wir grüßten uns; er hatte ein rohes Pferd, das
ich ihm loben mußte. »Laßt uns eilen, Pferde zuzureiten,
wir werden sie bald brauchen!« rief er mir entgegen. Er
werde mich noch heute wiedersehn, sagte er, und komme,   35
auf Euer Verlangen, mit Euch zu ratschlagen.

A l b a. Er wird dich wiedersehn.

F e r d i n a n d. Unter allen Rittern, die ich hier kenne, ge-
fällt er mir am besten. Es scheint, wir werden Freunde
sein.   40

A l b a. Du bist noch immer zu schnell und wenig behutsam;
immer erkenn ich in dir den Leichtsinn deiner Mutter, der
mir sie unbedingt in die Arme lieferte. Zu mancher ge-
fährlichen Verbindung lud dich der Anschein voreilig ein.
5 F e r d i n a n d. Euer Wille findet mich bildsam.
A l b a. Ich vergebe deinem jungen Blute dies leichtsinnige
Wohlwollen, diese unachtsame Fröhlichkeit. Nur vergiß
nicht, zu welchem Werke ich gesandt bin, und welchen
Teil ich dir dran geben möchte.
10 F e r d i n a n d. Erinnert mich, und schont mich nicht, wo
Ihr es nötig haltet.
A l b a *(nach einer Pause)*. Mein Sohn!
F e r d i n a n d. Mein Vater!
A l b a. Die Fürsten kommen bald, Oranien und Egmont
15 kommen. Es ist nicht Mißtrauen, daß ich dir erst jetzt ent-
decke, was geschehen soll. Sie werden nicht wieder von
hinnen gehn.
F e r d i n a n d. Was sinnst du?
A l b a. Es ist beschlossen, sie festzuhalten. – Du erstaunst!
20 Was du zu tun hast, höre; die Ursachen sollst du wissen,
wenn es geschehn ist. Jetzt bleibt keine Zeit, sie auszu-
legen. Mit dir allein wünsch' ich das Größte, das Ge-
heimste zu besprechen; ein starkes Band hält uns zusam-
mengefesselt; du bist mir wert und lieb; auf dich möcht'
25 ich alles häufen. Nicht die Gewohnheit zu gehorchen allein
möcht' ich dir einprägen; auch den Sinn, auszudenken, zu
befehlen, auszuführen, wünsch' ich in dir fortzupflanzen;
dir ein großes Erbteil, dem Könige den brauchbarsten
Diener zu hinterlassen; dich mit dem Besten, was ich habe,
30 auszustatten, daß du dich nicht schämen dürfest, unter
deine Brüder zu treten.
F e r d i n a n d. Was werd ich dir nicht für diese Liebe
schuldig, die du mir allein zuwendest, indem ein ganzes
Reich vor dir zittert!
35 A l b a. Nun höre, was zu tun ist. Sobald die Fürsten eingetreten sind, wird jeder Zugang zum Palaste besetzt.
Dazu hat Gomez die Ordre. Silva wird eilen, Egmonts
Schreiber mit den Verdächtigsten gefangenzunehmen. Du
hältst die Wache am Tore und in den Höfen in Ordnung.
40 Vor allen Dingen besetze diese Zimmer hier neben mit

den sichersten Leuten; dann warte auf der Galerie, bis
Silva wiederkommt, und bringe mir irgendein unbedeu-
tend Blatt herein, zum Zeichen, daß sein Auftrag ausgerichtet ist. Dann bleib im Vorsaale, bis Oranien weggeht;
folg ihm; ich halte Egmont hier, als ob ich ihm noch was   5
zu sagen hätte. Am Ende der Galerie fordre Oraniens
Degen, rufe die Wache an, verwahre schnell den gefähr-
lichsten Mann; und ich fasse Egmont hier.

F e r d i n a n d. Ich gehorche, mein Vater. Zum erstenmal
mit schwerem Herzen und mit Sorge.   10

A l b a. Ich verzeihe dir's; es ist der erste große Tag, den du
erlebst.

                     (Silva tritt herein.)

S i l v a. Ein Bote von Antwerpen. Hier ist Oraniens Brief!
Er kommt nicht.   15

A l b a. Sagt' es der Bote?

S i l v a. Nein, mir sagt's das Herz.

A l b a. Aus dir spricht mein böser Genius. *(Nachdem er
den Brief gelesen, winkt er beiden, und sie ziehen sich in
die Galerie zurück. Er bleibt allein auf dem Vorderteile.)*   20
Er kommt nicht! Bis auf den letzten Augenblick verschiebt
er, sich zu erklären. Er wagt es, *nicht* zu kommen! So war
denn diesmal wider Vermuten der Kluge klug genug,
nicht klug zu sein! – Es rückt die Uhr! Noch einen kleinen
Weg des Seigers, und ein großes Werk ist getan oder ver-   25
säumt, unwiederbringlich versäumt; denn es ist weder
nachzuholen, noch zu verheimlichen. Längst hatt' ich alles
reiflich abgewogen, und mir auch diesen Fall gedacht, mir
festgesetzt, was auch in diesem Falle zu tun sei; und jetzt,
da es zu tun ist, wehr ich mir kaum, daß nicht das *Für*   30
und *Wider* mir aufs neue durch die Seele schwankt. – Ist's
rätlich, die andern zu fangen, wenn *er* mir entgeht? Schieb
ich es auf und laß Egmont mit den Seinigen, mit so vielen
entschlüpfen, die nun, vielleicht nur heute noch, in meinen
Händen sind? So zwingt dich das Geschick denn auch, du   35
Unbezwinglicher? Wie lang gedacht! Wie wohl bereitet!
Wie groß, wie schön der Plan! Wie nah die Hoffnung
ihrem Ziele! und nun im Augenblick des Entscheidens bist
du zwischen zwei Übel gestellt; wie in einen Lostopf
greifst du in die dunkle Zukunft; was du fassest, ist noch   40

zugerollt, dir unbewußt, sei's Treffer oder Fehler! *(Er
wird aufmerksam, wie einer, der etwas hört, und tritt
ans Fenster.)* Er ist es! Egmont! – Trug dich dein Pferd
so leicht herein und scheute vor dem Blutgeruche nicht
5 und vor dem Geiste mit dem blanken Schwert, der an der
Pforte dich empfängt? – Steig ab! – So bist du mit dem
einen Fuß im Grab! und so mit beiden! – Ja streichl' es
nur und klopfe für seinen mutigen Dienst zum letztenmale den Nacken ihm – Und mir bleibt keine Wahl. In
10 der Verblendung, wie hier Egmont naht, kann er dir nicht
zum zweitenmal sich liefern! – Hört!

(Ferdinand und Silva treten eilig herbei.)

A l b a. Ihr tut, was ich befahl; ich ändre meinen Willen
nicht. Ich halte, wie es gehn will, Egmont auf, bis du mir
5 von Silva die Nachricht gebracht hast. Dann bleib in
der Nähe. Auch dir raubt das Geschick das große Verdienst, des Königs größten Feind mit eigener Hand gefangen zu haben. *(Zu Silva.)* Eile! *(Zu Ferdinand.)* Geh
ihm entgegen. *(Alba bleibt einige Augenblicke allein und
10 geht schweigend auf und ab.)*

(Egmont tritt auf.)

E g m o n t. Ich komme, die Befehle des Königs zu verneh-
men, zu hören, welchen Dienst er von unserer Treue verlangt, die ihm ewig ergeben bleibt.

15 A l b a. Er wünscht vor allen Dingen Euern Rat zu hören.

E g m o n t. Über welchen Gegenstand? Kommt Oranien
auch? Ich vermutete ihn hier.

A l b a. Mir tut es leid, daß er uns eben in dieser wichtigen
Stunde fehlt. Euern Rat, Eure Meinung wünscht der Kö-
20 nig, wie diese Staaten wieder zu befriedigen. Ja, er hofft,
Ihr werdet kräftig mitwirken, diese Unruhen zu stillen
und die Ordnung der Provinzen völlig und dauerhaft zu
gründen.

E g m o n t. Ihr könnt besser wissen als ich, daß schon alles
25 genug beruhigt ist, ja, noch mehr beruhigt war, eh die Erscheinung der neuen Soldaten wieder mit Furcht und
Sorge die Gemüter bewegte.

A l b a. Ihr scheint andeuten zu wollen, das Rätlichste sei
gewesen, wenn der König mich gar nicht in den Fall ge-
30 setzt hätte, Euch zu fragen.

E g m o n t. Verzeiht! Ob der König das Heer hätte schicken sollen, ob nicht vielmehr die Macht seiner majestätischen Gegenwart allein stärker gewirkt hätte, ist meine Sache nicht zu beurteilen. Das Heer ist da, *er* nicht. Wir aber müßten sehr undankbar, sehr vergessen sein, wenn wir uns nicht erinnerten, was wir der Regentin schuldig sind. Bekennen wir! Sie brachte durch ihr so kluges als tapferes Betragen die Aufrührer mit Gewalt und Ansehn, mit Überredung und List zur Ruhe und führte zum Erstaunen der Welt ein rebellisches Volk in wenigen Monaten zu seiner Pflicht zurück.

A l b a. Ich leugne es nicht. Der Tumult ist gestillt, und jeder scheint in die Grenzen des Gehorsams zurückgebannt. Aber hängt es nicht von eines jeden Willkür ab, sie zu verlassen? Wer will das Volk hindern loszubrechen? Wo ist die Macht, sie abzuhalten? Wer bürgt uns, daß sie sich ferner treu und untertänig zeigen werden? Ihr guter Wille ist alles Pfand, das wir haben.

E g m o n t. Und ist der gute Wille eines Volks nicht das sicherste, das edelste Pfand? Bei Gott! Wann darf sich ein König sicherer halten, als wenn sie alle für einen, einer für alle stehn? Sicherer gegen innere und äußere Feinde?

A l b a. Wir werden uns doch nicht überreden sollen, daß es jetzt hier so steht?

E g m o n t. Der König schreibe einen Generalpardon aus, er beruhige die Gemüter; und bald wird man sehen, wie Treue und Liebe mit dem Zutrauen wieder zurückkehrt.

A l b a. Und jeder, der die Majestät des Königs, der das Heiligtum der Religion geschändet, ginge frei und ledig hin und wider! lebte den andern zum bereiten Beispiel, daß ungeheure Verbrechen straflos sind?

E g m o n t. Und ist ein Verbrechen des Unsinns, der Trunkenheit nicht eher zu entschuldigen, als grausam zu bestrafen? Besonders wo so sichre Hoffnung, wo Gewißheit ist, daß die Übel nicht wiederkehren werden? Waren Könige darum nicht sicherer? Werden sie nicht von Welt und Nachwelt gepriesen, die eine Beleidigung ihrer Würde vergeben, bedauern, verachten konnten? Werden sie nicht eben deswegen Gott gleich gehalten, der viel zu groß ist, als daß an ihn jede Lästerung reichen sollte?

A l b a. Und eben darum soll der König für die Würde Gottes und der Religion, wir sollen für das Ansehn des Königs
streiten. Was der Obere abzulehnen verschmäht, ist unsere
Pflicht zu rächen. Ungestraft soll, wenn ich rate, kein
5 Schuldiger sich freuen.

E g m o n t. Glaubst du, daß du sie alle erreichen wirst?
Hört man nicht täglich, daß die Furcht sie hie- und dahin,
sie aus dem Lande treibt? Die Reichsten werden ihre Güter, sich, ihre Kinder und Freunde flüchten; der Arme
10 wird seine nützlichen Hände dem Nachbar zubringen.

A l b a. Sie werden, wenn man sie nicht verhindern kann.
Darum verlangt der König Rat und Tat von jedem Fürsten, Ernst von jedem Statthalter; nicht nur Erzählung,
wie es ist, was werden könnte, wenn man alles gehen
15 ließe, wie's geht. Einem großen Übel zusehen, sich mit
Hoffnung schmeicheln, der Zeit vertrauen, etwa einmal
dreinschlagen, wie im Fastnachtspiel, daß es klatscht und
man doch etwas zu tun scheint, wenn man nichts tun
möchte, heißt das nicht, sich verdächtig machen, als sehe
20 man dem Aufruhr mit Vergnügen zu, den man nicht erregen, wohl aber hegen möchte!

E g m o n t *(im Begriff aufzufahren, nimmt sich zusammen
und spricht nach einer kleinen Pause gesetzt).* Nicht jede
Absicht ist offenbar, und manches Mannes Absicht ist zu
25 mißdeuten. Muß man doch auch von allen Seiten hören:
es sei des Königs Absicht weniger, die Provinzen nach
einförmigen und klaren Gesetzen zu regieren, die Majestät der Religion zu sichern und einen allgemeinen Frieden
seinem Volke zu geben, als vielmehr sie unbedingt zu
30 unterjochen, sie ihrer alten Rechte zu berauben, sich Meister von ihren Besitztümern zu machen, die schönen Rechte
des Adels einzuschränken, um derentwillen der Edle allein
ihm dienen, ihm Leib und Leben widmen mag. Die Reli-
gion, sagt man, sei nur ein prächtiger Teppich, hinter dem   COMPARE
35 man jeden gefährlichen Anschlag nur desto leichter aus-
denkt. Das Volk liegt auf den Knien, betet die heiligen
gewirkten Zeichen an, und hinten lauscht der Vogelsteller,
der sie berücken will.

A l b a. Das muß ich von *dir* hören?

40 E g m o n t. Nicht meine Gesinnungen! Nur was bald hier

bald da, von Großen und von Kleinen, Klugen und Toren
gesprochen, laut verbreitet wird. Die Niederländer fürchten ein doppeltes Joch, und wer bürgt ihnen für ihre
Freiheit?

A l b a. Freiheit? Ein schönes Wort, wer's recht verstände.   5
Was wollen sie für Freiheit? Was ist des Freiesten Freiheit? – Recht zu tun! – und daran wird sie der König
nicht hindern. Nein! nein! sie glauben sich nicht frei, wenn
sie sich nicht selbst und andern schaden können. Wäre es
nicht besser, abzudanken, als ein solches Volk zu regieren?   10
Wenn auswärtige Feinde drängen, an die kein Bürger
denkt, der mit dem Nächsten nur beschäftigt ist, und der
König verlangt Beistand: dann werden sie uneins unter
sich, und verschwören sich gleichsam mit ihren Feinden.
Weit besser ist's, sie einzuengen, daß man sie wie Kinder   15
halten, wie Kinder zu ihrem Besten leiten kann. Glaube
nur, ein Volk wird nicht alt, nicht klug; ein Volk bleibt
immer kindisch.

E g m o n t. Wie selten kommt ein König zu Verstand! Und
sollen sich viele nicht lieber vielen vertrauen als einem?   20
und nicht einmal dem einen, sondern den wenigen des
einen, dem Volke, das an den Blicken seines Herrn altert.
Das hat wohl allein das Recht, klug zu werden.

A l b a. Vielleicht eben darum, weil es sich nicht selbst überlassen ist.   25

E g m o n t. Und darum niemand gern sich selbst überlassen
möchte. Man tue, was man will; ich habe auf deine Frage
geantwortet und wiederhole: Es geht nicht! Es kann nicht
gehen! Ich kenne meine Landsleute. Es sind Männer, wert,
Gottes Boden zu betreten; ein jeder rund für sich, ein   30
kleiner König, fest, rührig, fähig, treu, an alten Sitten
hangend. Schwer ist's, ihr Zutrauen zu verdienen; leicht,
zu erhalten. Starr und fest! Zu drücken sind sie; nicht zu
unterdrücken.

A l b a *(der sich indes einigemal umgesehen hat).* Solltest du   35
das alles in des Königs Gegenwart wiederholen?

E g m o n t. Desto schlimmer, wenn mich seine Gegenwart
abschreckte! Desto besser für ihn, für sein Volk, wenn er
mir Mut machte, wenn er mir Zutrauen einflößte, noch
weit mehr zu sagen.   40

A l b a. Was nützlich ist, kann ich hören wie er.

E g m o n t. Ich würde ihm sagen: Leicht kann der Hirt eine ganze Herde Schafe vor sich hintreiben, der Stier zieht seinen Pflug ohne Widerstand; aber dem edeln Pferde,
5 das du reiten willst, mußt du seine Gedanken ablernen, du mußt nichts Unkluges, nichts unklug von ihm verlangen. Darum wünscht der Bürger seine alte Verfassung zu behalten, von seinen Landsleuten regiert zu sein, weil er weiß, wie er geführt wird, weil er von ihnen Uneigen-
10 nutz, Teilnehmung an seinem Schicksal hoffen kann.

A l b a. Und sollte der Regent nicht Macht haben, dieses alte Herkommen zu verändern? und sollte nicht eben dies sein schönstes Vorrecht sein? Was ist bleibend auf dieser Welt? und sollte eine Staatseinrichtung bleiben können?
15 Muß nicht in einer Zeitfolge jedes Verhältnis sich verändern und eben darum eine alte Verfassung die Ursache von tausend Übeln werden, weil sie den gegenwärtigen Zustand des Volkes nicht umfaßt? Ich fürchte, diese alten Rechte sind darum so angenehm, weil sie Schlupfwinkel
20 bilden, in welchen der Kluge, der Mächtige, zum Schaden des Volks, zum Schaden des Ganzen, sich verbergen oder durchschleichen kann.

E g m o n t. Und diese willkürlichen Veränderungen, diese unbeschränkten Eingriffe der höchsten Gewalt, sind sie
25 nicht Vorboten, daß *einer* tun will, was Tausende nicht tun sollen? Er will sich allein frei machen, um jeden seiner Wünsche befriedigen, jeden seiner Gedanken ausführen zu können. Und wenn wir uns ihm, einem guten weisen Könige, ganz vertrauten, sagt er uns für seine Nachkom-
30 men gut? daß keiner ohne Rücksicht, ohne Schonung regieren werde? Wer rettet uns alsdann von völliger Willkür, wenn er uns seine Diener, seine Nächsten sendet, die ohne Kenntnis des Landes und seiner Bedürfnisse nach Belieben schalten und walten, keinen Widerstand finden und sich
35 von jeder Verantwortung frei wissen?

A l b a *(der sich indes wieder umgesehen hat)*. Es ist nichts natürlicher, als daß ein König durch sich zu herrschen gedenkt und denen seine Befehle am liebsten aufträgt, die ihn am besten verstehen, verstehen wollen, die seinen Willen unbedingt ausrichten.

E g m o n t. Und ebenso natürlich ist's, daß der Bürger von
dem regiert sein will, der mit ihm geboren und erzogen
ist, der gleichen Begriff mit ihm von Recht und Unrecht
gefaßt hat, den er als seinen Bruder ansehen kann.

A l b a. Und doch hat der Adel mit diesen seinen Brüdern　5
sehr ungleich geteilt.

E g m o n t. Das ist vor Jahrhunderten geschehen und wird
jetzt ohne Neid geduldet. Würden aber neue Menschen
ohne Not gesendet, die sich zum zweitenmale auf Unkosten der Nation bereichern wollten, sähe man sich einer　10
strengen, kühnen, unbedingten Habsucht ausgesetzt; das
würde eine Gärung machen, die sich nicht leicht in sich
selbst auflöste.

A l b a. Du sagst mir, was ich nicht hören sollte: auch ich
bin fremd.　15

E g m o n t. Daß ich dir's sage, zeigt dir, daß ich dich nicht
meine.

A l b a. Und auch so wünscht' ich es nicht von dir zu hören.
Der König sandte mich mit Hoffnung, daß ich hier den
Beistand des Adels finden würde. Der König *will* seinen　20
Willen. Der König hat nach tiefer Überlegung gesehen,
was dem Volke frommt; es kann nicht bleiben und gehen
wie bisher. Des Königs Absicht ist, sie selbst zu ihrem
eignen Besten einzuschränken, ihr eigenes Heil, wenn's
sein muß, ihnen aufzudringen, die schädlichen Bürger auf-　25
zuopfern, damit die übrigen Ruhe finden, des Glücks einer
weisen Regierung genießen können. Dies ist sein Entschluß; diesen dem Adel kundzumachen habe ich Befehl;
und Rat verlang ich in seinem Namen, *wie* es zu tun sei,
nicht *was*: denn das hat *er* beschlossen.　30

E g m o n t. Leider rechtfertigen deine Worte die Furcht des
Volks, die allgemeine Furcht! So hat er denn beschlossen,
was kein Fürst beschließen sollte. Die Kraft seines Volks,
ihr Gemüt, den Begriff, den sie von sich selbst haben,
will er schwächen, niederdrücken, zerstören, um sie be-　35
quem regieren zu können. Er will den innern Kern ihrer
Eigenheit verderben; gewiß in der Absicht, sie glücklicher
zu machen. Er will sie vernichten, damit sie etwas werden,
ein ander Etwas. O wenn seine Absicht gut ist, so wird sie
mißgeleitet! Nicht dem Könige widersetzt man sich; man　40

stellt sich nur dem Könige entgegen, der einen falschen
Weg zu wandeln, die ersten unglücklichen Schritte macht.
A l b a. Wie du gesinnt bist, scheint es ein vergeblicher Versuch, uns vereinigen zu wollen. Du denkst gering vom
5 Könige und verächtlich von seinen Räten, wenn du zwei-
felst, das alles sei nicht schon gedacht, geprüft, gewogen
worden. Ich habe keinen Auftrag, jedes *Für* und *Wider*
noch einmal durchzugehen. Gehorsam fordre ich von dem
Volke: – und von Euch, ihr Ersten, Edelsten, Rat und
10 Tat, als Bürgen dieser unbedingten Pflicht.
E g m o n t. Fordre unsre Häupter, so ist es auf einmal getan. Ob sich der Nacken diesem Joche biegen, ob er sich
vor dem Beile ducken soll, kann einer edeln Seele gleich
sein. Umsonst hab ich so viel gesprochen: die Luft hab ich
15 erschüttert, weiter nichts gewonnen.

(Ferdinand kommt.)

F e r d i n a n d. Verzeiht, daß ich Euer Gespräch unter-
breche. Hier ist ein Brief, dessen Überbringer die Antwort
dringend macht.
20 A l b a. Erlaubt mir, daß ich sehe, was er enthält. *(Tritt an
die Seite.)*
F e r d i n a n d *(zu Egmont).* Es ist ein schönes Pferd, das
Eure Leute gebracht haben, Euch abzuholen.
E g m o n t. Es ist nicht das schlimmste. Ich hab es schon
25 eine Weile; ich denk es wegzugeben. Wenn es Euch ge-
fällt, so werden wir vielleicht des Handels einig.
F e r d i n a n d. Gut, wir wollen sehn.

*(Alba winkt seinem Sohne, der sich in den Grund zurück-
zieht.)*

30 E g m o n t. Lebt wohl! Entlaßt mich: denn ich wüßte, bei
Gott! nicht mehr zu sagen.
A l b a. Glücklich hat dich der Zufall verhindert, deinen
Sinn noch weiter zu verraten. Unvorsichtig entwickelst du
die Falten deines Herzens und klagst dich selbst
35 strenger an, als ein Widersacher gehässig tun könnte.
E g m o n t. Dieser Vorwurf rührt mich nicht; ich kenne
mich selbst genug und weiß, wie ich dem König angehöre;
weit mehr als viele, die in seinem Dienst sich selber dienen.
Ungern scheid ich aus diesem Streite, ohne ihn beigelegt
40 zu sehen, und wünsche nur, daß uns der Dienst des Herrn,

das Wohl des Landes bald vereinigen möge. Es wirkt
vielleicht ein wiederholtes Gespräch, die Gegenwart der
übrigen Fürsten, die heute fehlen, in einem glücklichern
Augenblick, was heut unmöglich scheint. Mit dieser Hoffnung entfern ich mich.   5

A l b a *(der zugleich seinem Sohn Ferdinand ein Zeichen
gibt).* Halt, Egmont! – Deinen Degen! –
*(Die Mitteltür öffnet sich: man sieht die Galerie mit Wache
                besetzt, die unbeweglich bleibt.)*

E g m o n t *(der staunend eine Weile geschwiegen).* Dies war   10
die Absicht? Dazu hast du mich berufen? *(Nach dem
Degen greifend, als wenn er sich verteidigen wollte.)* Bin
ich denn wehrlos?

A l b a. Der König befiehlt's, du bist mein Gefangener.
    (Zugleich treten von beiden Seiten Gewaffnete herein.)   15

E g m o n t *(nach einer Stille).* Der König? – Oranien! Oranien! *(Nach einer Pause, seinen Degen hingebend.)* So
nimm ihn! Er hat weit öfter des Königs Sache verteidigt,
als diese Brust beschützt.

(Er geht durch die Mitteltür ab: die Gewaffneten, die im   20
*Zimmer sind, folgen ihm; ingleichen Albas Sohn. Alba bleibt
                stehen. Der Vorhang fällt.)*

FÜNFTER AUFZUG

Straße
Dämmerung

Klärchen. Brackenburg. Bürger.

5 **Brackenburg.** Liebchen, um Gottes willen, was nimmst
du vor?

Klärchen. Komm mit, Brackenburg! Du mußt die Menschen nicht kennen; wir befreien ihn gewiß. Denn was
gleicht ihrer Liebe zu ihm? Jeder fühlt, ich schwör es, in
10 sich die brennende Begier, ihn zu retten, die Gefahr von
einem kostbaren Leben abzuwenden und dem Freiesten
die Freiheit wiederzugeben. Komm! Es fehlt nur an der
Stimme, die sie zusammenruft. In ihrer Seele lebt noch
ganz frisch, was sie ihm schuldig sind! und daß sein mäch-
15 tiger Arm allein von ihnen das Verderben abhält, wissen
sie. Um seinet- und ihretwillen müssen sie alles wagen.
Und was wagen wir? Zum höchsten unser Leben, das zu
erhalten nicht der Mühe wert ist, wenn er umkommt.

Brackenburg. Unglückliche! du siehst nicht die Ge-
20 walt, die uns mit ehernen Banden gefesselt hat.

Klärchen. Sie scheint mir nicht unüberwindlich. Laß
uns nicht lang vergebliche Worte wechseln. Hier kommen
von den alten, redlichen, wackern Männern! Hört, Freunde! Nachbarn, hört! – Sagt, wie ist es mit Egmont?

25 **Zimmermeister.** Was will das Kind? Laß sie schweigen.

Klärchen. Tretet näher, daß wir sachte reden, bis wir
einig sind und stärker. Wir dürfen nicht einen Augenblick
versäumen! Die freche Tyrannei, die es wagt, ihn zu fesseln, zuckt schon den Dolch, ihn zu ermorden. O Freunde!
30 mit jedem Schritt der Dämmerung werd ich ängstlicher.
Ich fürchte diese Nacht! Kommt! wir wollen uns teilen;
mit schnellem Lauf von Quartier zu Quartier rufen wir
die Bürger heraus. Ein jeder greife zu seinen alten Waffen. Auf dem Markte treffen wir uns wieder, und unser
35 Strom reißt einen jeden mit sich fort. Die Feinde sehen
sich umringt und überschwemmt, und sind erdrückt. Was
kann uns eine Handvoll Knechte widerstehen? Und *er* in

unsrer Mitte kehrt zurück, sieht sich befreit und kann *uns*
einmal danken, uns, die wir ihm so tief verschuldet worden. Er sieht vielleicht – gewiß er sieht das Morgenrot am
freien Himmel wieder.

Z i m m e r m e i s t e r. Wie ist dir, Mädchen?

K l ä r c h e n. Könnt ihr mich mißverstehn? Vom Grafen
sprech ich! Ich spreche von Egmont.

J e t t e r. Nennt den Namen nicht! Er ist tödlich.

K l ä r c h e n. Den Namen nicht! Wie? Nicht diesen Namen?
Wer nennt ihn nicht bei jeder Gelegenheit? Wo steht er
nicht geschrieben? In diesen Sternen hab ich oft mit allen
seinen Lettern ihn gelesen. Nicht nennen? Was soll das?
Freunde! Gute, teure Nachbarn, ihr träumt; besinnt euch.
Seht mich nicht so starr und ängstlich an! Blickt nicht
schüchtern hie und da beiseite. Ich ruf euch ja nur zu, was
jeder wünscht. Ist meine Stimme nicht eures Herzens eigne
Stimme? Wer würfe sich in dieser bangen Nacht, eh' er
sein unruhvolles Bette besteigt, nicht auf die Knie, ihn
mit ernstlichem Gebet vom Himmel zu erringen? Fragt
euch einander! frage jeder sich selbst! und wer spricht mir
nicht nach: »Egmonts Freiheit oder den Tod!«

J e t t e r. Gott bewahr' uns! Da gibt's ein Unglück.

K l ä r c h e n. Bleibt! Bleibt, und drückt euch nicht vor seinem Namen weg, dem ihr euch sonst so froh entgegen-
drängtet! – Wenn der Ruf ihn ankündigte, wenn es hieß:
»Egmont kommt! Er kommt von Gent!« da hielten die
Bewohner der Straßen sich glücklich, durch die er reiten
mußte. Und wenn ihr seine Pferde schallen hörtet, warf
jeder seine Arbeit hin, und über die bekümmerten Gesich-
ter, die ihr durchs Fenster stecktet, fuhr wie ein Sonnen-
strahl von seinem Angesichte ein Blick der Freude und
Hoffnung. Da hobt ihr eure Kinder auf der Türschwelle
in die Höhe und deutetet ihnen: »Sieh, das ist Egmont,
der Größte da! Er ist's! Er ist's, von dem ihr bessere Zeiten, als eure armen Väter lebten, einst zu erwarten habt.«
Laßt eure Kinder nicht dereinst euch fragen: »Wo ist er
hin? Wo sind die Zeiten hin, die ihr versprecht?« – Und
so wechseln wir Worte! sind müßig, verraten ihn.

S o e s t. Schämt Euch, Brackenburg! Laßt sie nicht gewäh-
ren! Steuert dem Unheil!

B r a c k e n b u r g. Liebes Klärchen! wir wollen gehen!
Was wird die Mutter sagen? Vielleicht –

K l ä r c h e n. Meinst du, ich sei ein Kind oder wahnsinnig?
Was kann vielleicht? – Von dieser schrecklichen Gewißheit
5   bringst du mich mit keiner Hoffnung weg. – Ihr sollt
mich hören und ihr werdet: denn ich seh's, ihr seid be-
stürzt und könnt euch selbst in euerm Busen nicht wieder-
finden. Laßt durch die gegenwärtige Gefahr nur *einen*
Blick in das Vergangene dringen, das kurz Vergangene.
10   Wendet eure Gedanken nach der Zukunft. Könnt ihr
denn leben? werdet ihr, wenn er zugrunde geht? Mit seinem Atem flieht der letzte Hauch der Freiheit. Was war
er euch? Für wen übergab er sich der dringendsten Gefahr? Seine Wunden flossen und heilten nur für euch. Die
15   große Seele, die euch alle trug, beschränkt ein Kerker,
und Schauer tückischen Mordes schweben um sie her. Er
denkt vielleicht an euch, er hofft auf euch, *er*, der nur zu
geben, nur zu erfüllen gewohnt war.

Z i m m e r m e i s t e r. Gevatter, kommt.

20 K l ä r c h e n. Und ich habe nicht Arme, nicht Mark wie
ihr; doch hab ich, was euch allen eben fehlt, Mut und
Verachtung der Gefahr. Könnt' euch mein Atem doch
entzünden! könnt' ich an meinen Busen drückend euch
erwärmen und beleben! Kommt! In eurer Mitte will ich
25   gehen! – Wie eine Fahne wehrlos ein edles Heer von
Kriegern wehend anführt, so soll mein Geist um eure
Häupter flammen, und Liebe und Mut das schwankende
zerstreute Volk zu einem fürchterlichen Heer vereinigen.

J e t t e r. Schaff sie beiseite, sie dauert mich.

30   *(Bürger ab.)*

B r a c k e n b u r g. Klärchen! siehst du nicht, wo wir sind?

K l ä r c h e n. Wo? Unter dem Himmel, der so oft sich
herrlicher zu wölben schien, wenn der Edle unter ihm
herging. Aus diesen Fenstern haben sie herausgesehn, vier,
35   fünf Köpfe übereinander; an diesen Türen haben sie ge-
scharrt und genickt, wenn er auf die Memmen herabsah.
O ich hatte sie so lieb, wie sie ihn ehrten! Wäre er Tyrann
gewesen, möchten sie immer vor seinem Falle seitwärts
gehn. Aber sie liebten ihn! – O ihr Hände, die ihr an die
40   Mützen grifft, zum Schwert könnt ihr nicht greifen –

Brackenburg, und wir? – Schelten wir sie? – Diese Arme,
die ihn so oft fest hielten, was tun sie für ihn? – List hat
in der Welt so viel erreicht – Du kennst Wege und Stege,
kennst das alte Schloß. Es ist nichts unmöglich, gib mir
einen Anschlag.

B r a c k e n b u r g. Wenn wir nach Hause gingen!

K l ä r c h e n. Gut.

B r a c k e n b u r g. Dort an der Ecke seh ich Albas Wache;
laß doch die Stimme der Vernunft dir zu Herzen dringen.
Hältst du mich für feig? Glaubst du nicht, daß ich um
deinetwillen sterben könnte? Hier sind wir beide toll, ich
so gut wie du. Siehst du nicht das Unmögliche? Wenn du
dich faßtest! Du bist außer dir.

K l ä r c h e n. Außer mir! Abscheulich! Brackenburg, ihr
seid außer euch. Da ihr laut den Helden verehrtet, ihn
Freund und Schutz und Hoffnung nanntet, ihm Vivat
rieft, wenn er kam: da stand ich in meinem Winkel, schob
das Fenster halb auf, verbarg mich lauschend, und das
Herz schlug mir höher als euch allen. Jetzt schlägt mir's
wieder höher als euch allen! Ihr verbergt euch, da es not
ist, verleugnet ihn und fühlt nicht, daß ihr untergeht,
wenn er verdirbt.

B r a c k e n b u r g. Komm nach Hause.

K l ä r c h e n. Nach Hause?

B r a c k e n b u r g. Besinne dich nur! Sieh dich um! Dies
sind die Straßen, die du nur sonntäglich betratst, durch
die du sittsam nach der Kirche gingst, wo du übertrieben
ehrbar zürntest, wenn ich mit einem freundlichen grüßen-
den Wort mich zu dir gesellte. Du stehst und redest, han-
delst vor den Augen der offnen Welt; besinne dich, Liebe!
wozu hilft es uns?

K l ä r c h e n. Nach Hause! Ja, ich besinne mich. Komm,
Brackenburg, nach Hause! Weißt du, wo meine Heimat
ist? *(Ab.)*

Gefängnis,
durch eine Lampe erhellt, ein Ruhebett im Grunde

E g m o n t *(allein).* Alter Freund! immer getreuer Schlaf,
fliehst du mich auch wie die übrigen Freunde? Wie willig

senktest du dich auf mein freies Haupt herunter und
kühltest wie ein schöner Myrtenkranz der Liebe meine
Schläfe! Mitten unter Waffen, auf der Woge des Lebens,
ruht' ich leicht atmend, wie ein aufquellender Knabe, in
5 deinen Armen. Wenn Stürme durch Zweige und Blätter
sausten, Ast und Wipfel sich knirrend bewegten, blieb
innerst doch der Kern des Herzens ungeregt. Was schüttelt
dich nun? was erschüttert den festen treuen Sinn? Ich
fühl's, es ist der Klang der Mordaxt, die an meiner Wur-
10 zel nascht. Noch steh ich aufrecht, und ein innrer Schauer
durchfährt mich. Ja, sie überwindet, die verräterische Gewalt; sie untergräbt den festen hohen Stamm, und eh' die
Rinde dorrt, stürzt krachend und zerschmetternd deine
Krone.
15 Warum denn jetzt, der du so oft gewalt'ge Sorgen gleich
Seifenblasen dir vom Haupte weggewiesen, warum ver-
magst du nicht die Ahnung zu verscheuchen, die tausend-
fach in dir sich auf- und niedertreibt? Seit wann begegnet
der Tod dir fürchterlich, mit dessen wechselnden Bildern,
20 wie mit den übrigen Gestalten der gewohnten Erde, du
gelassen lebtest? – Auch ist *er*'s nicht, der rasche Feind,
dem die gesunde Brust wetteifernd sich entgegensehnt; der
Kerker ist's, des Grabes Vorbild, dem Helden wie dem
Feigen widerlich. Unleidlich ward mir's schon auf meinem
25 gepolsterten Stuhle, wenn in stattlicher Versammlung die
Fürsten, was leicht zu entscheiden war, mit wiederkehren-
den Gesprächen überlegten, und zwischen düstern Wänden
eines Saals die Balken der Decke mich erdrückten. Da eilt'
ich fort, sobald es möglich war, und rasch aufs Pferd mit
30 tiefem Atemzuge. Und frisch hinaus, da wo wir hin-
gehören! ins Feld, wo aus der Erde dampfend jede nächste
Wohltat der Natur und durch die Himmel wehend alle
Segen der Gestirne uns umwittern; wo wir, dem erd-
gebornen Riesen gleich, von der Berührung unsrer Mutter
35 kräftiger uns in die Höhe reißen; wo wir die Menschheit
ganz und menschliche Begier in allen Adern fühlen; wo
das Verlangen, vorzudringen, zu besiegen, zu erhaschen,
seine Faust zu brauchen, zu besitzen, zu erobern, durch
die Seele des jungen Jägers glüht; wo der Soldat sein
40 angebornes Recht auf alle Welt mit raschem Schritt sich

anmaßt und in fürchterlicher Freiheit wie ein Hagelwetter
durch Wiese, Feld und Wald verderbend streicht und keine
Grenzen kennt, die Menschenhand gezogen.
Du bist nur Bild, Erinnerungstraum des Glücks, das ich so
lang besessen; wo hat dich das Geschick verräterisch hin-   5
geführt? Versagt es dir, den nie gescheuten Tod im An-
gesicht der Sonne rasch zu gönnen, um dir des Grabes Vor-
geschmack im ekeln Moder zu bereiten? Wie haucht er
mich aus diesen Steinen widrig an! Schon starrt das Leben,
vor dem Ruhebette wie vor dem Grabe scheut der   10
Fuß. –
O Sorge! Sorge! die du vor der Zeit den Mord beginnst,
laß ab! – Seit wann ist Egmont denn allein, so ganz allein
in dieser Welt? Dich macht der Zweifel allein, nicht das
Glück. Ist die Gerechtigkeit des Königs, der du lebenslang   15
vertrautest, ist der Regentin Freundschaft, die fast (du
darfst es dir gestehn), fast Liebe war, sind sie auf einmal,
wie ein glänzend Feuerbild der Nacht, verschwunden?
und lassen dich allein auf dunkelm Pfad zurück? Wird an
der Spitze deiner Freunde Oranien nicht wagend sinnen?   20
Wird nicht ein Volk sich sammeln und mit anschwellender
Gewalt den alten Freund erretten?
O haltet, Mauern, die ihr mich einschließt, so vieler Geister wohlgemeintes Drängen nicht von mir ab; und wel-
cher Mut aus meinen Augen sonst sich über *sie* ergoß, der   25
kehre nun aus *ihren* Herzen in meines wieder. O ja, sie
rühren sich zu Tausenden! sie kommen! stehen mir zur
Seite! Ihr frommer Wunsch eilt dringend zu dem Himmel,
er bittet um ein Wunder. Und steigt zu meiner Rettung
nicht ein Engel nieder, so seh ich sie nach Lanz und   30
Schwertern greifen. Die Tore spalten sich, die Gitter sprin-
gen, die Mauer stürzt von ihren Händen ein, und der
Freiheit des einbrechenden Tages steigt Egmont fröhlich
entgegen. Wie manch bekannt Gesicht empfängt mich
jauchzend! Ach Klärchen, wärst du Mann; so säh' ich dich   35
gewiß auch hier zuerst und dankte dir, was einem Könige
zu danken hart ist, Freiheit.

Klärchens Haus

Klärchen *(kommt mit einer Lampe und einem Glas Wasser aus der Kammer; sie setzt das Glas auf den Tisch und tritt ans Fenster).* Brackenburg? Seid Ihr's? Was hört'
ich denn? noch niemand? Es war niemand! Ich will die Lampe ins Fenster setzen, daß er sieht, ich wache noch, ich warte noch auf ihn. Er hat mir Nachricht versprochen. Nachricht? Entsetzliche Gewißheit! – Egmont verurteilt!
– Welch Gericht darf ihn fordern? und sie verdammen ihn! Der König verdammt ihn? oder der Herzog? Und die Regentin entzieht sich! Oranien zaudert, und alle seine Freunde! – Ist dies die Welt, von deren Wankelmut, Unzuverlässigkeit ich viel gehört und nichts empfunden habe? Ist dies die Welt? – Wer wäre bös genug, den Teuern
anzufeinden? Wäre Bosheit mächtig genug, den allgemein Erkannten schnell zu stürzen? Doch ist es so – es ist – O Egmont, sicher hielt ich dich vor Gott und Menschen, wie in meinen Armen! Was war ich dir? Du hast mich *dein* genannt, mein ganzes Leben widmete ich deinem Leben.
– Was bin ich nun? Vergebens streck ich nach der Schlinge, die dich faßt, die Hand aus. Du hülflos und ich frei! – Hier ist der Schlüssel zu meiner Tür. An meiner Willkür hängt mein Gehen und mein Kommen, und dir bin ich zu
nichts! – – O bindet mich, damit ich nicht verzweifle; und werft mich in den tiefsten Kerker, daß ich das Haupt an feuchte Mauern schlage, nach Freiheit winsle, träume, wie ich ihm helfen wollte, wenn Fesseln mich nicht lähmten, wie ich ihm helfen würde. – Nun bin ich frei, und in der
Freiheit liegt die Angst der Ohnmacht. – Mir selbst bewußt, nicht fähig, ein Glied nach seiner Hülfe zu rühren. Ach leider, auch der kleine Teil von deinem Wesen, dein Klärchen, ist wie du gefangen und regt getrennt im Todeskrampfe nur die letzten Kräfte. – Ich höre schleichen,
husten – Brackenburg – er ist's! – Elender guter Mann, dein Schicksal bleibt sich immer gleich; dein Liebchen öffnet dir die nächtliche Tür, und ach zu welch unseliger Zusammenkunft!

(Brackenburg tritt auf.)

Klärchen. Du kommst so bleich und schüchtern, Brak-
kenburg! was ist's?
Brackenburg. Durch Umwege und Gefahren such ich
dich auf. Die großen Straßen sind besetzt; durch Gäßchen
und durch Winkel hab ich mich zu dir gestohlen.   5
Klärchen. Erzähl, wie ist's?
Brackenburg *(indem er sich setzt).* Ach Kläre, laß
mich weinen. Ich liebt' ihn nicht. Er war der reiche Mann
und lockte des Armen einziges Schaf zur bessern Weide
herüber. Ich hab ihn nie verflucht; Gott hat mich treu   10
geschaffen und weich. In Schmerzen floß mein Leben vor
mir nieder, und zu verschmachten hofft' ich jeden Tag.
Klärchen. Vergiß das, Brackenburg! Vergiß dich selbst.
Sprich mir von ihm! Ist's wahr? Ist er verurteilt?
Brackenburg. Er ist's! ich weiß es ganz genau.   15
Klärchen. Und lebt noch?
Brackenburg. Ja, er lebt noch.
Klärchen. Wie willst du das versichern? – Die Tyrannei
ermordet in der Nacht den Herrlichen! vor allen Augen
verborgen fließt sein Blut. Ängstlich im Schlafe liegt das   20
betäubte Volk und träumt von Rettung, träumt ihres
ohnmächtigen Wunsches Erfüllung; indes unwillig über
uns sein Geist die Welt verläßt. Er ist dahin! – Täusche
mich nicht! dich nicht!
Brackenburg. Nein gewiß, er lebt! – Und leider, es   25
bereitet der Spanier dem Volke, das er zertreten will, ein
fürchterliches Schauspiel, gewaltsam jedes Herz, das nach
der Freiheit sich regt, auf ewig zu zerknirschen.
Klärchen. Fahre fort und sprich gelassen auch mein
Todesurteil aus! Ich wandle den seligen Gefilden schon   30
näher und näher, mir weht der Trost aus jenen Gegenden
des Friedens schon herüber. Sag an.
Brackenburg. Ich konnt' es an den Wachen merken,
aus Reden, die bald da bald dorten fielen, daß auf dem
Markte geheimnisvoll ein Schrecknis zubereitet werde. Ich   35
schlich durch Seitenwege, durch bekannte Gänge nach meines Vetters Hause und sah aus einem Hinterfenster nach
dem Markte. – Es wehten Fackeln in einem weiten Kreise
spanischer Soldaten hin und wider. Ich schärfte mein un-
gewohntes Auge, und aus der Nacht stieg mir ein schwar-   40

zes Gerüst entgegen, geräumig, hoch; mir grauste vor dem
Anblick. Geschäftig waren viele rings umher bemüht, was
noch von Holzwerk weiß und sichtbar war, mit schwar-
zem Tuch einhüllend zu verkleiden. Die Treppen deckten
5 sie zuletzt auch schwarz, ich sah es wohl. Sie schienen die
Weihe eines gräßlichen Opfers vorbereitend zu begehn.
Ein weißes Kruzifix, das durch die Nacht wie Silber
blinkte, ward an der einen Seite hoch aufgesteckt. Ich
sah, und sah die schreckliche Gewißheit immer gewisser.
10 Noch wankten Fackeln hie und da herum; allmählich
wichen sie und erloschen. Auf einmal war die scheußliche
Geburt der Nacht in ihrer Mutter Schoß zurückgekehrt.
   K l ä r c h e n. Still, Brackenburg! Nun still! Laß diese
Hülle auf meiner Seele ruhn. Verschwunden sind die Ge-
15 spenster, und du, holde Nacht, leih deinen Mantel der
Erde, die in sich gärt; sie trägt nicht länger die abscheuliche Last, reißt ihre tiefen Spalten grausend auf und
knirscht das Mordgerüst hinunter. Und irgendeinen Engel
sendet der Gott, den sie zum Zeugen ihrer Wut geschän-
20 det; vor des Boten heiliger Berührung lösen sich Riegel
und Bande, und er umgießt den Freund mit mildem
Schimmer; er führt ihn durch die Nacht zur Freiheit sanft
und still. Und auch mein Weg geht heimlich in dieser
Dunkelheit, ihm zu begegnen.
25 B r a c k e n b u r g *(sie aufhaltend).* Mein Kind, wohin?
was wagst du?
   K l ä r c h e n. Leise, Lieber, daß niemand erwache! daß wir
uns selbst nicht wecken! Kennst du dies Fläschchen,
Brackenburg? Ich nahm dir's scherzend, als du mit über-
30 eiltem Tod oft ungeduldig drohtest. – Und nun, mein
Freund –
   B r a c k e n b u r g. In aller Heiligen Namen! –
   K l ä r c h e n. Du hinderst nichts. Tod ist mein Teil! und
gönne mir den sanften schnellen Tod, den du dir selbst
35 bereitetest. Gib mir deine Hand! – Im Augenblick, da ich
die dunkle Pforte eröffne, aus der kein Rückweg ist,
könnt' ich mit diesem Händedruck dir sagen, wie sehr ich
dich geliebt, wie sehr ich dich bejammert. Mein Bruder
starb mir jung; dich wähl' ich, seine Stelle zu ersetzen.
40 Es widersprach dein Herz und quälte sich und mich, ver-

langtest heiß und immer heißer, was dir nicht beschieden
war. Vergib mir und leb wohl! Laß mich dich Bruder
nennen! Es ist ein Name, der viel Namen in sich faßt.
Nimm die letzte schöne Blume der Scheidenden mit treuem
Herzen ab – nimm diesen Kuß – Der Tod vereinigt alles,   5
Brackenburg, uns denn auch.

B r a c k e n b u r g. So laß mich mit dir sterben! Teile!
Teile! Es ist genug, zwei Leben auszulöschen.

K l ä r c h e n. Bleib! du sollst leben, du kannst leben. –
Steh meiner Mutter bei, die ohne dich in Armut sich ver-   10
zehren würde. Sei ihr, was ich ihr nicht mehr sein kann;
lebt zusammen und beweint mich. Beweint das Vaterland
und den, der es allein erhalten konnte. Das heutige Ge-
schlecht wird diesen Jammer nicht los; die Wut der Rache
selbst vermag ihn nicht zu tilgen. Lebt, ihr Armen, die   15
Zeit noch hin, die keine Zeit mehr ist. Heut steht die
Welt auf einmal still; es stockt ihr Kreislauf, und mein
Puls schlägt kaum noch wenige Minuten. Leb wohl!

B r a c k e n b u r g. O lebe du mit uns, wie wir für dich
allein! Du tötest uns in dir, o leb und leide. Wir wollen   20
unzertrennlich dir zu beiden Seiten stehn, und immer
achtsam soll die Liebe den schönsten Trost in ihren lebendigen Armen dir bereiten. Sei unser! Unser! Ich darf nicht
sagen: mein.

K l ä r c h e n. Leise, Brackenburg! Du fühlst nicht, was du   25
rührst. Wo Hoffnung dir erscheint, ist mir Verzweiflung.

B r a c k e n b u r g. Teile mit den Lebendigen die Hoffnung! Verweil am Rande des Abgrundes, schau hinab und
sieh auf uns zurück.

K l ä r c h e n. Ich hab überwunden, ruf mich nicht wieder   30
zum Streit.

B r a c k e n b u r g. Du bist betäubt; gehüllt in Nacht suchst
du die Tiefe. Noch ist nicht jedes Licht erloschen, noch
mancher Tag! –

K l ä r c h e n. Weh! über dich Weh! Weh! Grausam zer-   35
reißest du den Vorhang vor meinem Auge. Ja, er wird
grauen, der Tag! vergebens alle Nebel um sich ziehn und
wider Willen grauen! Furchtsam schaut der Bürger aus
seinem Fenster, die Nacht läßt einen schwarzen Flecken
zurück; er schaut, und fürchterlich wächst im Lichte das   40

Mordgerüst. Neu leidend wendet das entweihte Gottes-
bild sein flehend Auge zum Vater auf. Die Sonne wagt
sich nicht hervor; sie will die Stunde nicht bezeichnen, in
der er sterben soll. Träge gehn die Zeiger ihren Weg, und
5 eine Stunde nach der andern schlägt. Halt! Halt! Nun ist
es Zeit! mich scheucht des Morgens Ahnung in das Grab.
*(Sie tritt ans Fenster, als sähe sie sich um, und trinkt
heimlich.)*

B r a c k e n b u r g. Kläre! Kläre!
10 K l ä r c h e n *(geht nach dem Tisch und trinkt das Wasser).*
Hier ist der Rest! Ich locke dich nicht nach. Tu, was du
darfst, leb wohl. Lösche diese Lampe still und ohne Zaudern, ich geh zur Ruhe. Schleiche dich sachte weg, ziehe
die Tür nach dir zu. Still! Wecke meine Mutter nicht!
15 Geh, rette dich! Rette dich! wenn du nicht mein Mörder
scheinen willst. *(Ab.)*

B r a c k e n b u r g. Sie läßt mich zum letztenmale wie immer. O könnte eine Menschenseele fühlen, wie sie ein lie-
bend Herz zerreißen kann. Sie läßt mich stehn, mir selber
20 überlassen; und Tod und Leben ist mir gleich verhaßt. –
Allein zu sterben! – Weint, ihr Liebenden! Kein härter
Schicksal ist als meins! Sie teilt mit mir den Todestropfen
und schickt mich weg! von ihrer Seite weg! sie zieht mich
nach und stößt ins Leben mich zurück. O Egmont, welch
25 preiswürdig Los fällt dir! Sie geht voran; der Kranz des
Siegs aus ihrer Hand ist dein, sie bringt den ganzen Himmel dir entgegen! – Und soll ich folgen? wieder seitwärts
stehn? den unauslöschlichen Neid in jene Wohnungen hin-
übertragen? – Auf Erden ist kein Bleiben mehr für mich,
30 und Höll und Himmel bieten gleiche Qual. Wie wäre der
Vernichtung Schreckenshand dem Unglückseligen willkommen!

*(Brackenburg geht ab; das Theater bleibt einige Zeit unver-
ändert. Eine Musik, Klärchens Tod bezeichnend, beginnt;*
35 *die Lampe, welche Brackenburg auszulöschen vergessen,*
flammt noch einigemal auf, dann erlischt sie. Bald verwan-
delt sich der Schauplatz in das

Gefängnis

Egmont liegt schlafend auf dem Ruhebette. Es entsteht ein
Gerassel mit Schlüsseln, und die Tür tut sich auf. Diener mit
Fackeln treten herein; ihnen folgt Ferdinand, Albas Sohn,
und Silva, begleitet von Gewaffneten. Egmont fährt aus   5
dem Schlaf auf.)

E g m o n t. Wer seid ihr? die ihr mir unfreundlich den
    Schlaf von den Augen schüttelt. Was künden eure trotzi-
    gen, unsichern Blicke mir an? Warum diesen fürchterlichen
    Aufzug? Welchen Schreckenstraum kommt ihr der halb   10
    erwachten Seele vorzulügen?

S i l v a. Uns schickt der Herzog, dir dein Urteil anzukün-
    digen.

E g m o n t. Bringst du den Henker auch mit, es zu voll-   15
    ziehen?

S i l v a. Vernimm es, so wirst du wissen, was deiner wartet.

E g m o n t. So ziemt es euch und euerm schändlichen Be-
    ginnen! In Nacht gebrütet und in Nacht vollführt. So
    mag diese freche Tat der Ungerechtigkeit sich verbergen!   20
    – Tritt kühn hervor, der du das Schwert verhüllt unter
    dem Mantel trägst; hier ist mein Haupt, das freieste, das
    je die Tyrannei vom Rumpf gerissen.

S i l v a. Du irrst! Was gerechte Richter beschließen, werden
    sie vorm Angesicht des Tages nicht verbergen.   25

E g m o n t. So übersteigt die Frechheit jeden Begriff und
    Gedanken.

S i l v a *(nimmt einem Dabeistehenden das Urteil ab, ent-*
    faltet's und liest's). »Im Namen des Königs, und kraft
    besonderer von Seiner Majestät uns übertragenen Gewalt,   30
    alle seine Untertanen, wes Standes sie seien, zugleich die
    Ritter des Goldnen Vlieses zu richten, erkennen wir« –

E g m o n t. Kann die der König übertragen?

S i l v a. »Erkennen wir, nach vorgängiger genauer, gesetz-
    licher Untersuchung, dich Heinrich Grafen Egmont, Prin-   35
    zen von Gaure, des Hochverrats schuldig und sprechen
    das Urteil: daß du mit der Frühe des einbrechenden Mor-
    gens aus dem Kerker auf den Markt geführt und dort,
    vorm Angesicht des Volks, zur Warnung aller Verräter
    mit dem Schwerte vom Leben zum Tode gebracht werden   40

sollest. Gegeben Brüssel im« *(Datum und Jahrzahl werden undeutlich gelesen, so, daß sie der Zuhörer nicht versteht.)*

>»Ferdinand, Herzog von Alba,
Vorsitzer des Gerichts der Zwölfe.«

Du weißt nun dein Schicksal; es bleibt dir wenige Zeit,
dich drein zu ergeben, dein Haus zu bestellen und von
den Deinigen Abschied zu nehmen.

*(Silva mit dem Gefolge geht ab. Es bleibt Ferdinand und
zwei Fackeln; das Theater ist mäßig erleuchtet.)*

E g m o n t *(hat eine Weile in sich versenkt stille gestanden
und Silva, ohne sich umzusehn, abgehen lassen. Er glaubt
sich allein, und da er die Augen aufhebt, erblickt er Albas
Sohn).* Du stehst und bleibst? Willst du mein Erstaunen,
mein Entsetzen noch durch deine Gegenwart vermehren?
Willst du noch etwa die willkommne Botschaft deinem
Vater bringen, daß ich unmännlich verzweifle? Geh! Sag
ihm! Sag ihm, daß er weder mich noch die Welt belügt.
Ihm, dem Ruhmsüchtigen, wird man es erst hinter den
Schultern leise lispeln, dann laut und lauter sagen, und
wenn er einst von diesem Gipfel herabsteigt, werden tausend Stimmen es ihm entgegenrufen! Nicht das Wohl des
Staats, nicht die Würde des Königs, nicht die Ruhe der
Provinzen haben ihn hierher gebracht. Um sein selbst willen hat er Krieg geraten, daß der Krieger im Kriege gelte.
Er hat diese ungeheure Verwirrung erregt, damit man
seiner bedürfe. Und ich falle, ein Opfer seines niedrigen
Hasses, seines kleinlichen Neides. Ja, ich weiß es, und ich
darf es sagen; der Sterbende, der tödlich Verwundete
kann es sagen: mich hat der Eingebildete beneidet; mich
wegzutilgen hat er lange gesonnen und gedacht.
Schon damals, als wir noch jünger mit Würfeln spielten
und die Haufen Goldes, einer nach dem andern, von seiner Seite zu mir herübereilten, da stand er grimmig, log
Gelassenheit, und innerlich verzehrte ihn die Ärgernis,
mehr über mein Glück als über seinen Verlust. Noch erinnere ich mich des funkelnden Blicks, der verräterischen
Blässe, als wir an einem öffentlichen Feste vor vielen
tausend Menschen um die Wette schossen. Er forderte mich
auf, und beide Nationen standen; die Spanier, die Nieder-

länder wetteten und wünschten. Ich überwand ihn; seine
Kugel irrte, die meine traf; ein lauter Freudenschrei der
Meinigen durchbrach die Luft. Nun trifft mich sein Ge-
schoß. Sag ihm, daß ich's weiß, daß ich ihn kenne, daß die
Welt jede Siegszeichen verachtet, die ein kleiner Geist er-   5
schleichend sich aufrichtet. Und du! wenn einem Sohne
möglich ist, von der Sitte des Vaters zu weichen, übe beizeiten die Scham, indem du dich für den schämst, den du
gerne von ganzem Herzen verehren möchtest.

F e r d i n a n d. Ich höre dich an, ohne dich zu unterbrechen!   10
Deine Vorwürfe lasten wie Keulschläge auf einem Helm;
ich fühle die Erschütterung, aber ich bin bewaffnet. Du
triffst mich, du verwundest mich nicht; fühlbar ist mir
allein der Schmerz, der mir den Busen zerreißt. Wehe mir!
Wehe! Zu einem solchen Anblick bin ich aufgewachsen,   15
zu einem solchen Schauspiele bin ich gesendet!

E g m o n t. Du brichst in Klagen aus? Was rührt, was be-
kümmert dich? Ist es eine späte Reue, daß du der schändlichen Verschwörung deinen Dienst geliehen? Du bist so
jung und hast ein glückliches Ansehn. Du warst so zu-   20
traulich, so freundlich gegen mich. Solang ich dich sah,
war ich mit deinem Vater versöhnt. Und ebenso verstellt,
verstellter als er, lockst du mich in das Netz. Du bist der
Abscheuliche? Wer *ihm* traut, mag er es auf seine Gefahr
tun; aber wer fürchtete Gefahr, dir zu vertrauen? Geh!   25
Geh! Raube mir nicht die wenigen Augenblicke! Geh, daß
ich mich sammle, die Welt und dich zuerst vergesse! –

F e r d i n a n d. Was soll ich dir sagen? Ich stehe und sehe
dich an, und sehe dich nicht, und fühle mich nicht. Soll ich
mich entschuldigen? Soll ich dir versichern, daß ich erst   30
spät, erst ganz zuletzt des Vaters Absichten erfuhr, daß
ich als ein gezwungenes, ein lebloses Werkzeug seines Wil-
lens handelte? Was fruchtet's, welche Meinung du von
mir haben magst? Du bist verloren; und ich Unglücklicher
stehe nur da, um dir's zu versichern, um dich zu bejammern.   35

E g m o n t. Welche sonderbare Stimme, welch ein unerwar-
teter Trost begegnet mir auf dem Wege zum Grabe? Du,
Sohn meines ersten, meines fast einzigen Feindes, du be-
dauerst mich, du bist nicht unter meinen Mördern? Sage,
rede! Für wen soll ich dich halten?   40

F e r d i n a n d. Grausamer Vater! Ja ich erkenne dich in
diesem Befehle. Du kanntest mein Herz, meine Gesin-
nung, die du so oft als Erbteil einer zärtlichen Mutter
schaltest. Mich dir gleich zu bilden, sandtest du mich hierher. Diesen Mann am Rande des gähnenden Grabes, in
der Gewalt eines willkürlichen Todes zu sehen, zwingst
du mich, daß ich den tiefsten Schmerz empfinde, daß ich
taub gegen alles Schicksal, daß ich unempfindlich werde,
es geschehe mir, was wolle.

E g m o n t. Ich erstaune! Fasse dich! Stehe, rede wie ein
Mann.

F e r d i n a n d. O daß ich ein Weib wäre! daß man mir
sagen könnte: was rührt dich? was ficht dich an? Sage mir
ein größeres, ein ungeheureres Übel, mache mich zum Zeugen einer schrecklichern Tat; ich will dir danken, ich will
sagen: es war nichts.

E g m o n t. Du verlierst dich. Wo bist du?

F e r d i n a n d. Laß diese Leidenschaft rasen, laß mich los-
gebunden klagen! Ich will nicht standhaft scheinen, wenn
alles in mir zusammenbricht. Dich soll ich hier sehn? –
Dich? – Es ist entsetzlich! Du verstehst mich nicht! Und
sollst du mich verstehen? Egmont! Egmont! *(Ihm um den
Hals fallend.)*

E g m o n t. Löse mir das Geheimnis.

F e r d i n a n d. Kein Geheimnis.

E g m o n t. Wie bewegt dich so tief das Schicksal eines
fremden Mannes?

F e r d i n a n d. Nicht fremd! Du bist mir nicht fremd. Dein
Name war's, der mir in meiner ersten Jugend gleich einem
Stern des Himmels entgegenleuchtete. Wie oft hab ich
nach dir gehorcht, gefragt! Des Kindes Hoffnung ist der
Jüngling, des Jünglings der Mann. So bist du vor mir her
geschritten; immer vor, und ohne Neid sah ich dich vor,
und schritt dir nach, und fort und fort. Nun hofft' ich
endlich dich zu sehen, und sah dich, und mein Herz flog
dir entgegen. Dich hatt' ich mir bestimmt, und wählte dich
aufs neue, da ich dich sah. Nun hofft' ich erst, mit dir zu
sein, mit dir zu leben, dich zu fassen, dich – Das ist nun
alles weggeschnitten, und ich sehe dich hier!

E g m o n t. Mein Freund, wenn es dir wohltun kann, so

nimm die Versicherung, daß im ersten Augenblick mein
Gemüt dir entgegenkam. Und höre mich. Laß uns ein
ruhiges Wort untereinander wechseln. Sage mir: ist es der
strenge, ernste Wille deines Vaters, mich zu töten?

Ferdinand. Er ist's.

Egmont. Dieses Urteil wäre nicht ein leeres Schreckbild,
mich zu ängstigen, durch Furcht und Drohung zu strafen,
mich zu erniedrigen und dann mit königlicher Gnade mich
wieder aufzuheben?

Ferdinand. Nein, ach leider nein! Anfangs schmeichelte 10
ich mir selbst mit dieser ausweichenden Hoffnung; und
schon da empfand ich Angst und Schmerz, dich in diesem
Zustande zu sehen. Nun ist es wirklich, ist gewiß. Nein,
ich regiere nicht. Wer gibt mir eine Hülfe, wer einen
Rat, dem Unvermeidlichen zu entgehen? 15

Egmont. So höre mich. Wenn deine Seele so gewaltsam
dringt, mich zu retten, wenn du die Übermacht verab-
scheust, die mich gefesselt hält, so rette mich! Die Augenblicke sind kostbar. Du bist des Allgewaltigen Sohn und
selbst gewaltig – Laß uns entfliehen! Ich kenne die Wege; 20
die Mittel können dir nicht unbekannt sein. Nur diese
Mauern, nur wenige Meilen entfernen mich von meinen
Freunden. Löse diese Bande, bringe mich zu ihnen und sei
unser. Gewiß, der König dankt dir dereinst meine Rettung. Jetzt ist er überrascht, und vielleicht ist ihm alles 25
unbekannt. Dein Vater wagt; und die Majestät muß das
Geschehene billigen, wenn sie sich auch davor entsetzet.
Du denkst? O denke mir den Weg der Freiheit aus!
Sprich, und nähre die Hoffnung der lebendigen Seele.

Ferdinand. Schweig! o schweige! Du vermehrst mit 30
jedem Worte meine Verzweiflung. Hier ist kein Ausweg,
kein Rat, keine Flucht. – Das quält mich, das greift und
faßt mir wie mit Klauen die Brust. Ich habe selbst das
Netz zusammengezogen; ich kenne die strengen festen
Knoten; ich weiß, wie jeder Kühnheit, jeder List die Wege 35
verrennt sind; ich fühle mich mit dir und mit allen andern
gefesselt. Würde ich klagen, hätte ich nicht alles versucht?
Zu seinen Füßen habe ich gelegen, geredet und gebeten.
Er schickte mich hierher, um alles, was von Lebenslust und
Freude mit mir lebt, in diesem Augenblicke zu zerstören. 40

E g m o n t. Und keine Rettung?

F e r d i n a n d. Keine!

E g m o n t *(mit dem Fuße stampfend)*. Keine Rettung! – –
Süßes Leben! schöne freundliche Gewohnheit des Daseins
und Wirkens! von dir soll ich scheiden! So gelassen scheiden! Nicht im Tumulte der Schlacht, unter dem Geräusch
der Waffen, in der Zerstreuung des Getümmels gibst du
mir ein flüchtiges Lebewohl; du nimmst keinen eiligen
Abschied, verkürzest nicht den Augenblick der Trennung.
Ich soll deine Hand fassen, dir noch einmal in die Augen
sehn, deine Schöne, deinen Wert recht lebhaft fühlen und
dann mich entschlossen losreißen und sagen: Fahre hin!

F e r d i n a n d. Und ich soll daneben stehn, zusehn, dich
nicht halten, nicht hindern können! O welche Stimme
reichte zur Klage! Welches Herz flösse nicht aus seinen
Banden vor diesem Jammer?

E g m o n t. Fasse dich!

F e r d i n a n d. Du kannst dich fassen, du kannst entsagen,
den schweren Schritt an der Hand der Notwendigkeit
heldenmäßig gehn. Was kann ich? Was soll ich? Du über-
windest dich selbst und uns; du überstehst; ich überlebe
dich und mich selbst. Bei der Freude des Mahls hab ich
mein Licht, im Getümmel der Schlacht meine Fahne verloren. Schal, verworren, trüb scheint mir die Zukunft.

E g m o n t. Junger Freund, den ich durch ein sonderbares
Schicksal zugleich gewinne und verliere, der für mich den
Todesschmerzen empfindet, für mich leidet, sieh mich in
diesen Augenblicken an; du verlierst mich nicht. War dir
mein Leben ein Spiegel, in welchem du dich gerne be-
trachtetest: so sei es auch mein Tod. Die Menschen sind
nicht nur zusammen, wenn sie beisammen sind; auch der
Entfernte, der Abgeschiedene lebt uns. Ich lebe dir, und
habe mir genug gelebt. Eines jeden Tages hab ich mich
gefreut; an jedem Tage mit rascher Wirkung meine Pflicht
getan, wie mein Gewissen mir sie zeigte. Nun endigt sich
das Leben, wie es sich früher, früher, schon auf dem Sande
von Gravelingen hätte endigen können. Ich höre auf zu
leben; aber ich habe gelebt. So leb auch du, mein Freund,
gern und mit Lust, und scheue den Tod nicht.

F e r d i n a n d. Du hättest dich für uns erhalten können,

erhalten sollen. Du hast dich selber getötet. Oft hört' ich,
wenn kluge Männer über dich sprachen, feindselige, wohl-
wollende, sie stritten lang über deinen Wert; doch endlich
vereinigten sie sich, keiner wagt' es zu leugnen, jeder ge-
stand: ja, er wandelt einen gefährlichen Weg. Wie oft   5
wünscht' ich, dich warnen zu können! Hattest du denn
keine Freunde?

E g m o n t. Ich war gewarnt.

F e r d i n a n d. Und wie ich punktweise alle diese Beschul-
digungen wieder in der Anklage fand, und deine Ant-   10
worten! Gut genug, dich zu entschuldigen; nicht triftig
genug, dich von der Schuld zu befreien –

E g m o n t. Dies sei beiseite gelegt. Es glaubt der Mensch
sein Leben zu leiten, sich selbst zu führen; und sein Inner-
stes wird unwiderstehlich nach seinem Schicksale gezogen.   15
Laß uns darüber nicht sinnen; dieser Gedanken entschlag
ich mich leicht – schwerer der Sorge für dieses Land! doch
auch dafür wird gesorgt sein. Kann mein Blut für viele
fließen, meinem Volke Friede bringen, so fließt es willig.
Leider wird's nicht so werden. Doch es ziemt dem Men-   20
schen, nicht mehr zu grübeln, wo er nicht mehr wirken
soll. Kannst du die verderbende Gewalt deines Vaters
aufhalten, lenken, so tu's. Wer wird das können? – Leb
wohl!

F e r d i n a n d. Ich kann nicht gehn.   25

E g m o n t. Laß meine Leute dir aufs beste empfohlen sein!
Ich habe gute Menschen zu Dienern; daß sie nicht zer-
streut, nicht unglücklich werden! Wie steht es um Richard,
meinen Schreiber?

F e r d i n a n d. Er ist dir vorangegangen. Sie haben ihn als 30
Mitschuldigen des Hochverrats enthauptet.

E g m o n t. Arme Seele! – Noch eins, und dann leb wohl,
ich kann nicht mehr. Was auch den Geist gewaltsam beschäftigt, fordert die Natur zuletzt doch unwiderstehlich
ihre Rechte; und wie ein Kind, umwunden von der   35
Schlange, des erquickenden Schlafs genießt, so legt der
Müde sich noch einmal vor der Pforte des Todes nieder
und ruht tief aus, als ob er einen weiten Weg zu wandern
hätte. – Noch eins – Ich kenne ein Mädchen; du wirst sie
nicht verachten, weil sie mein war. Nun ich sie dir emp-   40

fehle, sterb ich ruhig. Du bist ein edler Mann; ein Weib,
das den findet, ist geborgen. Lebt mein alter Adolf? ist er
frei?

F e r d i n a n d. Der muntre Greis, der Euch zu Pferde immer begleitete?

E g m o n t. Derselbe.

F e r d i n a n d. Er lebt, er ist frei.

E g m o n t. Er weiß ihre Wohnung; laß dich von ihm führen und lohn ihm bis an sein Ende, daß er dir den Weg
zu diesem Kleinode zeigt. – Leb wohl!

F e r d i n a n d. Ich gehe nicht.

E g m o n t *(ihn nach der Tür drängend).* Leb wohl!

F e r d i n a n d. O laß mich noch!

E g m o n t. Freund, keinen Abschied.

(Er begleitet Ferdinanden bis an die Tür und reißt sich dort
von ihm los. Ferdinand, betäubt, entfernt sich eilend.)

E g m o n t *(allein).* Feindseliger Mann! Du glaubtest nicht,
mir diese Wohltat durch deinen Sohn zu erzeigen. Durch
ihn bin ich der Sorgen los und der Schmerzen, der Furcht
und jedes ängstlichen Gefühls. Sanft und dringend fordert
die Natur ihren letzten Zoll. Es ist vorbei, es ist beschlossen! und was die letzte Nacht mich ungewiß auf meinem
Lager wachend hielt, das schläfert nun mit unbezwinglicher
Gewißheit meine Sinnen ein.

(Er setzt sich aufs Ruhebett. Musik.)

Süßer Schlaf! Du kommst wie ein reines Glück ungebeten,
unerfleht am willigsten. Du lösest die Knoten der strengen Gedanken, vermischest alle Bilder der Freude und des
Schmerzes; ungehindert fließt der Kreis innerer Harmo-
nien, und eingehüllt in gefälligen Wahnsinn, versinken
wir und hören auf zu sein.

(Er entschläft; die Musik begleitet seinen Schlummer. Hinter
seinem Lager scheint sich die Mauer zu eröffnen, eine glän-
zende Erscheinung zeigt sich. Die Freiheit in himmlischem
Gewande, von einer Klarheit umflossen, ruht auf einer
Wolke. Sie hat die Züge von Klärchen und neigt sich gegen
den schlafenden Helden. Sie drückt eine bedauernde Emp-
findung aus, sie scheint ihn zu beklagen. Bald faßt sie sich,
und mit aufmunternder Gebärde zeigt sie ihm das Bündel
Pfeile, dann den Stab mit dem Hute. Sie heißt ihn froh sein,

*und indem sie ihm andeutet, daß sein Tod den Provinzen
die Freiheit verschaffen werde, erkennt sie ihn als Sieger
und reicht ihm einen Lorbeerkranz. Wie sie sich mit dem
Kranze dem Haupte nahet, macht Egmont eine Bewegung,
wie einer, der sich im Schlafe regt, dergestalt, daß er mit   5
dem Gesicht aufwärts gegen sie liegt. Sie hält den Kranz
über seinem Haupte schwebend: man hört ganz von weitem
eine kriegerische Musik von Trommeln und Pfeifen: bei dem
leisesten Laut derselben verschwindet die Erscheinung. Der
Schall wird stärker. Egmont erwacht; das Gefängnis wird   10
vom Morgen mäßig erhellt. Seine erste Bewegung ist, nach
dem Haupte zu greifen: er steht auf und sieht sich um, indem er die Hand auf dem Haupte behält.)*

Verschwunden ist der Kranz! Du schönes Bild, das Licht
des Tages hat dich verscheuchet! Ja sie waren's, sie waren   15
vereint, die beiden süßesten Freuden meines Herzens. Die
göttliche Freiheit, von meiner Geliebten borgte sie die
Gestalt; das reizende Mädchen kleidete sich in der Freundin himmlisches Gewand. In einem ernsten Augenblick erscheinen sie vereinigt, ernster als lieblich. Mit blutbefleck-   20
ten Sohlen trat sie vor mir auf, die wehenden Falten des
Saumes mit Blut befleckt. Es war mein Blut und vieler
Edeln Blut. Nein, es ward nicht umsonst vergossen.
Schreitet durch! Braves Volk! Die Siegesgöttin führt dich
an! Und wie das Meer durch eure Dämme bricht, so   25
brecht, so reißt den Wall der Tyrannei zusammen und
schwemmt ersäufend sie von ihrem Grunde, den sie sich
anmaßt, weg!

(Trommeln näher.)

Horch! Horch! Wie oft rief mich dieser Schall zum freien   30
Schritt nach dem Felde des Streits und des Siegs! Wie
munter traten die Gefährten auf der gefährlichen, rühm-
lichen Bahn! Auch ich schreite einem ehrenvollen Tode aus
diesem Kerker entgegen; ich sterbe für die Freiheit, für
die ich lebte und focht und für die ich mich jetzt leidend   35
opfre.

*(Der Hintergrund wird mit einer Reihe spanischer Soldaten
besetzt, welche Hellebarden tragen.)*

Ja, führt sie nur zusammen! Schließt eure Reihen, ihr
schreckt mich nicht. Ich bin gewohnt, vor Speeren gegen   40

Speere zu stehn und, rings umgeben von dem drohenden
Tod, das mutige Leben nur doppelt rasch zu fühlen.
(Trommeln.)
Dich schließt der Feind von allen Seiten ein! Es blinken
Schwerter; Freunde, höhern Mut! Im Rücken habt ihr
Eltern, Weiber, Kinder!
(Auf die Wache zeigend.)
Und diese treibt ein hohles Wort des Herrschers, nicht ihr
Gemüt. Schützt eure Güter! Und euer Liebstes zu erretten,
fallt freudig, wie ich euch ein Beispiel gebe.
*(Trommeln. Wie er auf die Wache los- und auf die Hinter-
tür zugeht, fällt der Vorhang: die Musik fällt ein und
schließt mit einer Siegessymphonie das Stück.)*

ZU GOETHES »EGMONT«

Die Entstehungsgeschichte des *Egmont* führt von der Jugendepoche des Dichters, vom Sturm und Drang, bis in die Zeit der Klassik und zum italienischen Aufenthalt. 1774 geben erste Briefstellen Anhaltspunkte über Goethes Arbeit an dem Drama, doch der Beginn der inneren Auseinandersetzung mit dem Stoff mag früher liegen. Nicht geringe Faszination übte eine Egmont-Gestalt von unbedingter, bezwingender Lebenssicherheit aus, was in die Zeit weist, in der Goethe große Pläne um geniale Einzelwesen faßte: Prometheus, Faust, Mahomet und mit Abstand auch Götz, dessen Vollendung im Werk vorausgeht. Wie bei *Götz von Berlichingen* wurde mit dem Stoff zugleich auch ein »Wendepunkt der Staatengeschichte« gesucht. Im Kopf schien Goethe das Stück schon fertig, als er sich 1775 in der Lili-Krise zur Niederschrift hinsetzte: »Ich fing also wirklich ›Egmont‹ zu schreiben an, und zwar nicht wie den ersten ›Götz von Berlichingen‹ in Reih' und Folge, sondern ich griff nach der ersten Einleitung gleich die Hauptszenen an, ohne mich um die allenfallsigen Verbindungen zu bekümmern.« Doch das Drama ist vor der Abreise von Frankfurt im November 1775 kaum noch weit gediehen, es wurde mit nach Weimar genommen, und dort berichtet erst wieder das Tagebuch der Jahre 1778/79 von der Beschäftigung mit *Egmont*. Vor allem der 4. Akt machte Goethe nun und auf lange hin Schwierigkeiten. Und die Hindernisse gingen über Technisches hinaus, gründeten in der inneren Entwicklung Goethes, der Entfernung vom Sturm und Drang, entsprechend der immer wieder einzelne Szenen und mehr umgeschmolzen werden mußten. Am 20. März 1782 schrieb er über den *Egmont* an Charlotte von Stein: »Es ist ein wunderbares Stück. Wenn ich's noch zu schreiben hätte, schrieb' ich es anders, und vielleicht gar nicht. Da es nun aber da steht, so mag es stehen, ich will nur das Allzuaufgeknöpfte, Studentenhafte der Manier zu tilgen suchen, das der Würde des Gegenstands widerspricht.« Die jetzt veränderte Einstellung ist offenbar, das Stück schien fernzurücken und blieb zunächst liegen. Erst die Redaktion der ersten Gesamtausgabe der *Schriften* (1787 bis 1790) brachte wieder einen neuen Anstoß. So begleitete das Manuskript Goethe zu seiner nächsten Lebensstation, nach Italien. Und in der Schaffensperiode dort – neben *Faust I* und *Tasso* und *Iphigenie* – gelang dann der Abschluß: »Es ist recht sonderbar, daß ich so oft bin abgehalten worden, das Stück zu endigen, und daß es nun in Rom fertig werden soll. Der erste Akt ist ins reine und zur Reife; es sind ganze Szenen im Stücke, an die ich nicht zu rühren brauche« (5. Juli 1787). – »Ich fühle mich recht jung wieder, da ich das Stück schreibe« (30. Juli). – »Gestern, nach dem Sonnenuntergang . . . war ich in der Villa Borghese . . . Auf eben dem Spaziergange machte ich Anstalten, ›Egmont‹ zu endigen« (4. August). – »Ich muß an einem Morgen schreiben, der ein festlicher Morgen für mich wird. Denn heute ist ›Egmont‹ eigentlich recht völlig fertig geworden« (5. September 1787).

Als Quelle hatte Goethe vor allem *De bello Belgico decades duae* von dem Jesuiten Famianus Strada (1651) benutzt, daneben auch noch des Emanuel van Meteren *Eygentliche und vollkommene historische Beschreibung des Niederländischen Krieges* (hochdt. Übers. 1627). Aus dem erstgenannten Werk, das eine lebendige Charakter- und Szenenzeichnung mitbrachte, sind einige Passagen sehr getreu in das Drama übernommen, doch wie sich der Dichter in den Zeitrelationen von der Historie befreite, so steht auch die Gestalt Egmonts, was Schiller zuerst monierte, von dem geschichtlichen Egmont einigermaßen entfernt; sie ist ganz Goethes Geschöpf. Von ihrer anziehenden Erscheinung hat Goethe im 20. Buch von *Dichtung und Wahrheit* seine Gedanken über das Dämonische als Weltkraft abgeleitet, aus ihrer Sicherheit und ihrem Glanz entspringt das Tragische in diesem Bühnenstück. Gegen den Vorwurf der historischen Untreue, wie er an diesem Beispiel immer wieder diskutiert wird, hat Goethe im Gespräch mit Eckermann (31. Januar 1827) die Position des Dichters gewahrt:

». . . Kein Dichter hat je die historischen Charaktere gekannt, die er darstellte, hätte er sie aber gekannt, so hätte er sie schwerlich so gebrauchen können. Der Dichter muß wis-

sen, welche Wirkungen er hervorbringen will, und danach
die Natur seiner Charaktere einrichten. Hätte ich den Egmont so machen wollen, wie ihn die Geschichte meldet, als
Vater von einem Dutzend Kindern, so würde sein leicht-
sinniges Handeln sehr absurd erschienen sein. Ich mußte
also einen Egmont haben, wie er besser mit seinen Handlungen und meinen dichterischen Absichten in Harmonie
stände; und dies ist, wie Klärchen sagt, *mein* Egmont . . .«

Für die Bühnengeschichte des Dramas wurde eine Bearbei-
tung wichtig, die Schiller auf Ersuchen Goethes 1796 an-
läßlich eines Gastspiels von Iffland in Weimar unternom-
men hatte. Sowohl in der Umdeutung der Charaktere als
auch mit Hinzufügung einiger, z. T. recht grober dramati-
scher Effekte waren die Eingriffe Schillers recht bedeutend.
Goethe, der selbst diese Bühneneinrichtung nie oder nur
wieder mit Rückänderungen gesehen hatte, hat sie mehrmals
grausam oder gewaltsam genannt. Dennoch herrschte sie bis
weit ins 19. Jahrhundert hinein auf den Bühnen. Um 1810
komponierte Beethoven eine Bühnenmusik zum *Egmont*, wie
sie sich Goethe – noch von Italien aus – zunächst von dem
Komponisten Kayser erbeten hatte. Daß Beethovens Musik
auf das Original bezogen war, hat dann sehr zur Anerken-
nung der ursprünglichen Gestalt des Werkes auch auf dem
Theater beigetragen.   *B.*

Johann Wolfgang Goethe

IN RECLAMS UNIVERSAL-BIBLIOTHEK

PHILIPP RECLAM JUN. STUTTGART